15

八男？別鬧了！

Y.A

Kadokawa Fantastic Novels

彩頁、內文插圖／藤ちょこ

CONTENTS

八男？別鬧了！⑮

第一話　試辦學園祭

「……那麼，今天的課就上到這裡為止。」

「起立！敬禮！」

「「「「「「「謝謝老師！」」」」」」」

鮑爾柏格新蓋的冒險者預備校，現在已經變得比較像樣了……講是這樣講，其實我不太清楚其他冒險者預備校是什麼樣子，但我活用前世的經驗，引進了在上下課時喊口令的制度。

在布雷希柏格的預備校，並沒有規定要怎麼打招呼。

學生可能只在最後向老師敬禮。

老師也可能一上完課就立刻離開教室。

在這樣的狀況下，我仿照日本學校，引進了起立、敬禮和向老師道謝的制度。

我本來以為大家會討厭這麼做，但因為有助於切換心態，老師也樂於看學生有禮貌地打招呼，所以這件事很快就確定下來。

來視察的海瑞克校長看了非常滿意，決定讓王都的預備校也引進這個制度。

『很多想當冒險者的小鬼都不懂禮數，早點教他們一點禮節，將來狀況或許會稍微改善。』

海瑞克校長是個資深的冒險者，深知人生不當冒險者的日子比較漫長。

視情況而定，學生最後也可能會選擇其他行業，雖然他覺得應該要指導學生最低限度的禮儀，但一直找不到方法。

從學生的角度來看，如果有時間學禮儀，不如學其他更實用的事情，或是乾脆去打工狩獵還比較賺錢。

在上課開始和結束時打個招呼，花不了多少時間。

這樣也能教會學生在接受指導時，應該要好好道謝。

雖然看起來只是件小事情，但有些糟糕的冒險者似乎連跟人打招呼都不會。

我個人是還沒遇過那麼糟糕的傢伙。

「今天輪到誰打掃？」

「輪到我們。」

「趕快開始吧。」

「加油。」

除此之外，我還在鮑爾柏格的預備校建立了輪流打掃的制度。

其他預備校都是僱用附近的家庭主婦或婆婆媽媽來處理這些事，所以學生不會親自打掃。

但鮑爾柏格的預備校一直人手不足，就連宿舍管理員都是在最後一刻才找到，既然是自己的學校，就該由自己打掃，因此最後是採取輪班制。

魔法師班每十天會換一組人打掃。

今天是輪到包含艾格妮絲、辛蒂和貝緹在內的六個人負責。

「畢竟我們班的規定和其他班不同。開始打掃吧。」

「「「「「是——！」」」」」

艾格妮絲等六人精神抖擻地回答後，便開始各自使用「念力」打掃。

魔法師班的打掃同時也是魔法訓練。

首先要用「念力」把教室內的椅子抬到桌上。

再來是用「念力」將桌子移動到教室後方。

「小心別讓桌上的椅子掉下來，要讓桌子維持與地面平行的狀態移動。」

「「「「「是！」」」」」

因為是由我負責監督大家打掃，艾格妮絲他們非常努力用魔法移動桌子。

「搬完後，就用掃帚和畚箕掃垃圾。」

「「「「「是！」」」」」

當然，掃帚和畚箕也是用「念力」移動。

如果打掃得不夠徹底，或是畚箕放得不好導致垃圾掃不上去，我就會開口提醒他們。

「接下來是擰抹布。」

「「「「「是！」」」」」

用「念力」將放在教室外面晾乾的抹布拿過來，然後泡在水桶裡清洗乾淨並用力擰乾。如果擰得不夠乾，或是清洗時讓水桶裡的水濺出來，就要從頭做一次。

這個步驟結束後，就換用抹布擦自己負責的區塊。

當然如果地板擦得不夠乾淨，也是要從頭再來。

「呼……還滿辛苦的呢。」

「對吧？即使只是打掃，只要花點心思還是能用來鍛鍊魔法。練習精準地控制目標物，在狩獵魔物時也能派上用場。」

擦完地板後，這次換將桌子搬到前面。

接著用同樣的方式打掃教室後方，最後將桌子搬回原位就結束了。

啊，對了，還要叫他們擦窗戶。

「累死了。」

「用魔法完成所有的打掃工作，意外地很辛苦呢。」

「而且一累就會變得很難控制。」

雖然艾格妮絲、辛蒂和貝緹是魔法師班成績最好的三個學生，但用不習慣的魔法打掃還是讓她們疲憊不堪。

「沒錯，打掃也是鍛鍊的一環，要認真做喔。」

「「「「「知道了！」」」」」

我用理論說明讓魔法師班打掃的優點後，魔法師班就開始採用輪班的方式打掃。

然而……

「其他班級根本就沒好好打掃！」

「畢竟打掃對他們來說根本構不成鍛鍊。」

「應該多少有效吧？」

「如果是運動不足的貴族夫人可能還會被騙，但他們可是未來的冒險者。那些人的運動量原本就很大，鮑爾柏格校外又有很多狩獵場，所以比起打掃，他們應該更想去打工吧？」

如同艾爾所言，除了魔法班以外，其他班級都不太能接受輪班打掃的制度。

話說至少打掃要自己做吧！

＊　＊　＊

「親愛的，學校那邊總算步上軌道了呢。」

「艾莉絲，妳們也差不多進入穩定期了吧？」

「是啊。」

在鮑爾柏格的冒險者預備校開始步上軌道後，艾莉絲她們的肚子也變大不少，進入了穩定期。

「現在已經是穩定期了吧？」

「是啊。只要別太亂來，應該都不會有事。」

亞美莉大嫂如此保證，讓我鬆了口氣。

「但頂著那麼大的肚子上課，應該很辛苦吧。」

「還是別再這麼做比較好。」

鮑爾柏格的冒險者預備校完工後，艾莉絲她們也在能力範圍內擔任臨時講師，但差不多該讓她們靜養了。

「所有臨時講師一起請假，不會有問題嗎？」

「總會有辦法的。」

伊娜擔心地問道，但艾莉絲她們原本就只是臨時講師。

只要我這個當爸爸的努力一點就行了。

「反正魔法師班原本就只有一班。」

露易絲說的沒錯，其他班級的學生都不是魔法師，所以沒必要勉強艾莉絲她們去幫忙上課。

艾爾和我的家臣們偶爾會去開課，指導學生如何使用武器、露宿和狩獵，不如說比起其他預備校，這些實用的課程更受學生歡迎。

拜此之賜，明年的學生似乎又會變得更多，讓帕齊歐校長忙得不可開交。

帕齊歐校長以前和海瑞克校長在同一支隊伍裡活躍，是個資深冒險者。

雖然他獲得海瑞克校長的推薦，當上了鮑爾柏格預備校的校長，但還沒熟悉怎麼經營預備校就要面臨學生數量增加的難題，似乎讓他傷透腦筋。

歷史悠久的預備校附近通常很少有能夠靠狩獵賺錢的地點，但鮑爾柏格預備校不僅離狩獵場近，還有豐富的獵物，這也是讓想入學的人增加的原因之一。

「校舍和宿舍夠嗎？」

「這部分不用擔心。」

「威德林真有自信。」

「因為有帕齊歐校長在啊。」

我是鮑麥斯特伯爵。

貴族不該將事情都攬在自己身上，應該將工作分配給適當的人才。

「你說的沒錯，但總覺得不太能接受。」

可惡的泰蕾絲，講得好像我把麻煩的工作都丟給帕齊歐校長一樣。

雖然這是事實。

「說到這個。」

「你話題轉得真快。」

「既然經營學校的事情已經全都交給帕齊歐校長處理，我有個好提議想跟大家分享。」

「好提議？老公，是什麼好提議？」

「我想舉辦學園祭。一定會很有趣。」

「「「「「「「「……」」」」」」」」

咦？

這明明是個好主意，為什麼大家都沉默不語？

預備校也算是學校，既然只念一年，舉辦學園祭替他們製造回憶應該是件好事。

然而，為什麼大家都不說話呢？

「威爾，你說的學園祭，是指在預備校舉辦祭典嗎？」

「不然還有什麼意思？」

「我是從字面上推測你想舉辦祭典，其他人應該也是這樣吧？」

艾爾一問，其他人就跟著點頭。

「老公，為什麼要在學校辦祭典？」

「因為好玩。」

「就只有這樣？」

「……」

咦？

直到被卡琪雅這麼一問，我才首次意識到這個問題。

日本到底為什麼要舉辦學園祭？

雖說是教育的一環，但擺攤賣炒麵和章魚燒或是開咖啡廳，到底跟教育有什麼關係。

對將來想開餐廳的人來說，準備開店、借用道具和盡可能壓低進貨成本，確實是能累積經驗。

不過那些經驗可能在這個世界還比較能派上用場。

好，我大概知道怎麼說明了。

「首先，預備校裡的那些冒險者，大部分在退休後都得找普通的工作吧。尤其是那些並非魔法師的學生。」

如果是優秀的冒險者，應該能活用那些經驗讓貴族僱用，或是成為預備校的講師，輕鬆開創第二人生。

但其他人不當冒險者後，就必須從事其他工作。

所以要先讓他們在學園祭練習擺攤和開店。

「換句話說，就是讓他們累積社會經驗。」

「冒險者通常都很粗野，有些人甚至因此被一般人疏遠。像這樣開店，也能找外面的客人進來交流吧。」

「就是這樣沒錯！」

莉莎真是敏銳。

光是往返預備校和打工的狩獵場，還不足以培養出社會性，所以要讓他們在學園祭開店，並邀請鮑爾柏格的居民。

這麼一來，就能讓大家明白冒險者大多是普通人，提升冒險者的形象。

這樣他們退休後，也比較容易在鮑麥斯特伯爵領地展開第二人生。

只要不違法，退休後的冒險者想做什麼都行。

「除了開店和準備道具與食材以外，當然也要叫他們記帳。也可以考慮頒發獎金給營業額最高的學生。」

「畢竟放棄當冒險者改開餐廳的人也很多。趁現在先熟悉一下也不錯。」

「這種人很多呢。」

「我也有認識的人是這樣，雖然也有人後來生意失敗。」

原來如此。

許多冒險者在退休前就累積了一定程度的存款。

雖然有些人靠那筆錢開餐廳，順利展開第二人生，但是當然也有許多因為不擅長做生意而創業失敗的人。

卡琪雅認識的人應該也是如此。

「通常是先在其他店工作，等累積經驗後再開店。」

「薇爾瑪的意見非常正確，但有些人不會想這麼多。特別是那些手上有錢的人。」

因為手上有錢，所以未經深思熟慮就開店，結果不是生意不好虧錢，就是被員工捲款潛逃，很多不懂世事的冒險者最後都因此失敗。

「原來如此，只要先讓他們在學園祭累積經驗，就能降低退休後做生意失敗的可能性吧。」

「沒錯，這也是教育的一環。」

我告訴露易絲學園祭也是一種和教學有關的活動。

「如果威爾想辦，那也沒什麼不好吧？」

「那就辦吧。」

事情就這樣決定了。

我要在冒險者預備校鮑爾柏格分校，舉辦這世界的第一場學園祭。

「那個，親愛的。」

「什麼事，艾莉絲？」

「既然要辦，不如讓大家同時在教室裡發表平常的學習成果如何？」

不愧是認真的完美超人艾莉絲。

居然察覺學園祭最不需要的部分……雖然原本這才是正確的內容……也就是所謂的文化祭。

然而這部分實在太無聊，所以我很想忽略。

如果學生要求我去參加那些光聽就讓人想睡的發表會，我一定會一直打瞌睡吧。

雖然這才是這活動原本的意義，但還是直接省略吧。

怎麼能讓這種概念在這個世界普及。

「所謂的休閒活動，就是要做些和平常不同的事情。所以至少學園祭的時候，應該讓他們遠離日常的聽課和學習。」

「原來如此，讓學生轉換心情也是活動的重點之一吧。」

「沒錯。」

學園祭是用來讓人重振精神。

雖然這個藉口不怎麼合理，但幸好艾莉絲不清楚真正的學園祭。

儘管感到有些愧疚，不過在預備校舉辦學園祭的事情就這樣定下來了。

＊　＊　＊

「事情就是這樣，魔法師班要分成十組開店。生意最好的那組能獲得獎金。還有，當天鮑爾柏格的居民也會來，所以別開奇怪的店。其他班級也會開店，為了避免大家都賣一樣的東西，記得要事先好好討論。」

我向學生說明一個星期後要舉辦學園祭，以及那是什麼樣的活動。

說明完後，我將剩下的事情交給艾格妮絲處理。

雖然沒有特別指派，但她不知不覺間就成為班長般的存在。

「直接照打掃時那樣分組如何？」

「「「「「「「「「贊成！」」」」」」」」」

班上的同學立刻接受艾格妮絲的提議。

不愧是班長。

而且照打掃時那樣分組是個好主意。

畢竟重新分組可能會花不少時間。

我也不希望看見有人被排擠。

「再來就是要注意十間店賣的東西不能重複。請各組先決定要賣什麼，然後寫在黑板上。」

「艾格妮絲辦事真俐落。」

我前世沒當過班長，所以應該無法像她那樣主持會議。

「那麼，請各組開始討論吧。」

艾格妮絲真的很優秀。

十分鐘後，黑板上已經寫好各組要賣的東西。

「飲料、飲料、飲料、飲料……真是的——！你們也太沒個性了！」

這是我當上老師後，第一次對學生生氣。

「每組都賣飲料，客人會喝到撐死吧！」

「老師，重點不是這個吧。」

看來我似乎太激動了。

在辛蒂的提醒下，我總算恢復冷靜。

「各位，這也算是魔法修行，所以每間店都一定要賣用魔法製作的東西。請大家認真一點。你們該不會是覺得只要去鮑爾柏格的市區買水果，就能輕鬆做出飲料吧？」

而且魔法師班以外的班級，應該也都搶著要開飲料店。

這個機會不太可能給魔法師班。

「大家盡量不要賣重複的東西。」

「我擅長冰魔法，所以我們這組就賣雪酪吧。」

「不錯的選擇。」

這個擅長使用冰魔法的男學生在班上也算是相當優秀，他提議要用水果做雪酪來賣。

這種商品並非只有魔法師能製作，但依靠魔法道具成本會很高，所以交給魔法班做比較好。

「其他人呢？」

「我只會用火魔法，不然就用魔法烤肉給客人看怎麼樣？我在王都看過這種店。」

「這主意也不錯。」

什麼嘛。看來他們還是能提出不錯的想法。

大型祭典的攤販賣的東西本來就經常重複，但只要加上用魔法烤肉給客人看這種獨特的創意，就算內容重複也不會有問題。

「還有呢？」

「我從小就會釀酒給爺爺喝，只是不怎麼好喝。」

「不怎麼好喝？」

「因為沒有味道。真的只有成分是酒，我爺爺都是摻果汁喝。」

「鮑爾柏格很容易取得魔之森產的水果，只要摻那些果汁賣就行了。」

原來如此。

這個女學生的魔法，只能釀出幾乎是酒精溶液的蒸餾白酒。

我也能做出相同的東西，而且這個用途很廣，相當方便。

這也可以採用。

「我去河裡捕魚，再用火魔法烤好了？」

「用『風刃』切水果來賣如何？」

「這兩樣都採用！」

年輕真好。

大家接連提出不錯的主意，看來學園祭能夠進行得很順利。

「唔哇，海好漂亮。」

「很有南方國家的感覺呢。」

「老師，我們去游泳吧。」

「辛蒂，這個晚點再說。」

學園祭的攤位內容已經全都決定好了，今天的任務是取得能在魔之森以外的地方買到或是採集的食材。

地點是位於魔之森南方的一個海岸沙灘，我以前曾和薇爾瑪在這裡烤海鮮。

我記得薇爾瑪當時曾用戰斧一擊砍斷海龍的頭。

真是令人懷念。

「我倒是覺得能把這種誇張的事情講得這麼輕描淡寫的威爾很不得了。」

「薇爾瑪應該也一樣吧。」

「唉，她本來就是個不太會動搖的人……」

今天除了艾格妮絲、貝緹和辛蒂以外，艾爾也以護衛的身分與我們同行。

「老師，學園祭時可以賣海龍肉嗎？」

「再怎麼說那樣都太誇張了吧？」

我如此回答艾格妮絲的問題。

這附近的港口已經建好，而且理所當然地有鮑麥斯特伯爵家的警備隊常駐，現在幾乎看不見海龍了。

海龍大概是覺得應付一大堆人類很麻煩，所以後來都不出現了。

聽說牠們很少出現在港都。
「今天的目標，是南方海域的海鮮。」
班上同學在討論要開什麼店時，有人提出了用火魔法烤海鮮的建議。
雖然也有要賣鹽烤河魚的攤位，但果然還是海鮮比較好吃。
鮑爾柏格的海鮮價格非常昂貴。
所以我才和艾格妮絲她們來這裡捕撈海鮮。
順帶一提，除了魔法師班以外，我們也會提供食材給其他班級，因此這不算是偷跑或偏袒。
「要捕的量還不少，真是辛苦。」
「只要去附近的港都，就能便宜買到吧？」
「哼！」
「好痛！」
艾爾這傢伙，別突然開始講道理啦。
「如果我們今天大量進貨，會間接導致鮑爾柏格的海鮮漲價吧。」
我身為領主，必須確保領民能用穩定的物價購物。
「真不愧是老師。」
「明明是個厲害的魔法師，當領主卻也很溫柔。」
「我好尊敬你。」

看吧。

艾格妮絲她們都對我的作法給予好評。

「還有一點，學園祭的客人都是當地居民，所以我想盡可能壓低價格。」

透過一年一度的活動，讓一般大眾進入預備校和未來的冒險者交流，這樣他們將來畢業從事冒險者活動時，也會比較好辦事。

既然是用來讓雙方互相理解的活動，那東西還是賣便宜一點比較好。

如果一直壓低價格，鮑爾柏格的商人可能會生氣，所以我事先跟他們溝通好了。

『這是一年只辦一次的祭典，擺攤的也都是外行人。』

考慮到學生人數，能賣出的商品數量也有限。

「懂了嗎，艾爾。領主必須連這些事都考量進去。」

「老師真是個出色的人。」

「老師的話讓我覺得好感動。」

「不愧是我們的老師。」

可愛弟子們的稱讚，聽起來真是悅耳。

「明明只是自己想辦……」

「哼！」

艾爾這傢伙的腹肌還真硬。

「就說會痛了！」

害我的手肘開始痛起來了。

話說回來，艾爾不愧是我的多年老友。

他馬上就察覺我真正的意圖。

「總而言之！我們今天要盡量多抓一些海鮮。除了妳們三個人以外，其他人都在忙著準備攤位，必須多抓一點讓他們安心才行。」

「「「我們會加油！」」」

「我也要幫忙嗎？」

「那還用說。」

艾爾是貴重的男性勞動力。

怎麼可能不拿來利用。

「我是威爾的護衛……」

「這種地方怎麼可能會有刺客。」

「這種事沒人能夠保證吧……」

「艾爾文大人，還有我們在。」

「如果有人敢對老師出手，我就用『火炎』燒他！」

「我會用『風刃』將他大卸八塊！」

「你的學生都好恐怖。」

雖然艾爾對艾格妮絲她們說了失禮的話，但我晚點會好好使喚他當作懲罰，於是我們立刻開始捕撈海鮮。

「艾爾，你有抓到嗎？」

「抓了很多，但沒薇爾瑪那麼厲害。」

「畢竟薇爾瑪是專家。艾格妮絲她們看起來也很順利。」

開始捕撈海鮮後，我發現這裡不愧是人煙稀少的地點。

運動神經發達的艾爾每次潛水，都會抓到大量肥美的蝦子和貝類。

如果在日本能抓到這麼多海鮮，一定會引來一堆漁夫。

「老師，大豐收呢。」

「老師你看，我們抓了這麼多呢。」

艾格妮絲和辛蒂運用「魔法障壁」在臉周圍罩一層空氣，讓自己能夠長時間潛水捕魚。

她們的收穫多到貝緹得再去幫忙多拿一個網。

「是艾格妮絲和辛蒂贏了。」

「我又不會用魔法，能潛水的時間也有限……」

艾爾抱怨自己的不利條件太多，根本構不成比賽。

「這景色還真不錯。」

今天要潛水抓魚，所以艾格妮絲她們都換上了連身泳裝。

這是我準備的捕魚必需品。

單純是因為需要才準備，絕對沒有其他意思。

我和色瞇瞇地看著三個泳裝女孩的艾爾不同。

「講這種話的艾爾穿泳褲的樣子倒是很難看。」

「你有資格說別人嗎？」

男人穿泳褲的樣子給人的印象，在哪個世界都差不多。

「威爾，你的狀況怎麼樣？」

「大豐收喔。」

我和貝緹用類似水底拖網的方式捕到了不少魚。

只要將這些魚裝進魔法袋就能保鮮，等活動當天再烤來賣錢。

「老師，下次換我拉網。」

「再下次換我。」

這是讓兩人用「飛翔」浮在海上，再互相配合拉網的魔法特訓，所以接下來換辛蒂，最後換艾格妮絲，每次拉網都捕到非常多魚。

我和其中一人拉網的期間，剩下兩人就潛到海裡抓貝類和蝦子。

「浮在空中拉網，是用來練習在『飛翔』的同時使用其他魔法或採取其他行動。對冒險者來說，能在海上行動是非常有利的一點。即使上了年紀變得難以狩獵魔物，或許也能靠捕魚維生。」

「老師果然很厲害！」

「老師的訓練全都是有意義的！」

「我要更加努力。」

哎呀，弟子們的稱讚，聽起來真的是很舒服。

「……她們會用魔法所以還好，我是已經到極限了……」

話說艾爾是反覆在沒帶裝備的情況下潛水抓魚，不曉得他的狀況怎麼樣？

一想到這裡，我就發現他累倒在沙灘上。

「累死了……烤蝦真好吃。」

「艾爾文大人，貝類也烤好了。加一點從老師那裡拿到的醬油……」

「這也很好吃呢。」

花了幾個小時捕到預定數量的海鮮後，我們用鐵網烤海鮮當午餐。

上午一直在潛水的艾爾看起來十分疲憊，但仍津津有味地吃著貝緹端給他的烤蝦和貝類。

能被可愛的女孩子像這樣服侍，他應該很開心吧。

「老師，這些量夠嗎？」

「抓太多也不太好呢。」

預備校的學生一天能料理和販售的量有限，如果抓太多可能會破壞這裡的生態。

「老師，如果都賣光怎麼辦？」

不愧是有個開餐廳的哥哥，貝緹對這種事也很敏感。

畢竟她哥哥是那副德性，所以她似乎希望能賣出去愈多愈好。

「這是只辦一天的活動，而且又不是專業的店家，不如說能賣完更好。稍微有點不足，才是讓明年也能一樣熱鬧的祕訣。」

為了明年在學園祭的攤位上吃到美食，客人就會再次光臨。

「而且沒吃飽的客人，會在回程時去附近的餐廳。這本來就不是我們的本業，不應該把附近餐廳的利益都搶走。畢竟這是一場用來交流的活動。」

「原來如此！不愧是老師！」

「居然想得如此深遠！」

「太厲害了！」

哎呀，這只是包含前世在內累積的經驗，但弟子們的稱讚真是悅耳。

「明明是為了滿足自己的願望，真虧你能想得出這麼多冠冕堂皇的理由。」

「哼！」

「唔呃……被我說中了嗎？」

艾爾挨了我的肘擊後，仍一臉痛苦地繼續反擊。

真是個纏人的傢伙。

「那個，鮑麥斯特伯爵大人。請問您今天收穫如何？」

此時，住附近的老漁夫過來打探我們的狀況。

雖然是這位老漁夫告訴我們這個地點，但他似乎還是很在意結果。

「託你的福，我們大豐收呢。」

「那真是太好了。」

我們邀老漁夫一起享用烤海鮮，繼續閒聊。

「話說你們似乎沒抓到『惡魔使者』。」

「惡魔使者？」

「是的。雖然能抓到的地點有限，牠們的大小和人類差不多，擁有八隻腳，身體表面滑溜溜的，因為外表難看又詭異，所以被本地人稱作惡魔使者。」

聽起來應該就是那個生物。

在北方很常見，瑞穗人最喜歡的海產。

「用水煮來吃，味道清爽又有嚼勁，十分美味。」

看來應該是不會錯。

儘管尺寸好像比北方的略大一點，但原來這裡也有啊。

可食用的章魚。
「稀奇的海鮮嗎？也抓回去吧。」
「決定得好快！」
我的果斷，讓艾爾驚訝地大喊出聲。
艾爾明明已經認識我很久了，難道他以為我會對食物妥協嗎？
「可是老師，這附近我們都大致找過了，但沒發現那種生物呢。」
「我也沒發現。」
「我也是。」
艾格妮絲她們表示今天都沒發現章魚。
這麼說來，我也沒看見。
「惡魔使者習慣躲在岩石縫隙等易於躲藏的地方。如果想抓牠們，就要刻意去那些地方找。」
原來如此，要集中搜尋章魚喜歡躲藏的地方。
換句話說，就是要揣測章魚的心情。
「那麼，馬上行動吧……」
「老師，讓我來吧！」
艾格妮絲志願當第一個潛水的人。
「大概是在這附近吧？」

「我知道了，老爺爺。」

艾格妮絲聽從老漁夫的建議，潛入海底。

過了幾分鐘後。

「她不會有事吧？」

「不用擔心。」

因為艾格妮絲她們運用「魔法障壁」，在臉周圍罩了一層空氣。

「居然能潛水這麼久，魔法真是方便呢。」

老漁夫對艾格妮絲敬佩不已，表示就連潛水專家也很少能潛這麼久。

「要浮出來了。」

就在我們談話時，艾格妮絲似乎抓到了什麼東西。

她一浮出海面，就用「飛翔」漂亮地降落在沙灘上……但她的狀況有點奇怪。

「老師——！拉不開——嗯！感覺滑溜溜的——！」

原來如此。

我一瞬間就明白了狀況。

艾格妮絲被一隻比她還大的章魚纏住了。

巨大的章魚腳在連身泳裝上四處游移，再加上滑溜溜的章魚黏液，讓狀況變得非常不妙。

「喔喔！這好棒！」

「哪裡棒了！」
「好痛！」
我用手肘頂了胡言亂語的艾爾一下。
因為身高差距，我的拳頭打不到他的頭頂，真是太可恨了。
「這讓我想起年輕時……跟我的老伴……」
順帶一提，老漁夫也和艾爾是同類。
話說你年輕時到底跟妻子做了什麼啊！
「現在不是想那些無聊事的時候了！艾格妮絲，冷靜點，交給老師處理。」
「好的。」
如果艾格妮絲陷入慌亂，會讓我難以靠近，所以我先試著安撫她。
艾格妮絲立刻冷靜下來，我迅速從魔法袋裡取出一根長錐，刺進大章魚的雙眼之間。
只要這麼做，就能輕易殺死章魚。
但這是隻大章魚，所以還是需要一點技巧。
「艾格妮絲，妳沒事吧？」
「老師，謝謝你救了我。」
雖然這樣講感覺有點誇張，但考慮到章魚的外表，或許會讓女孩子覺得很噁心。
「總覺得滑溜溜的。」

「用海水洗掉就好。」

「老師是個冷靜又成熟的紳士呢。謝謝你。」

艾格妮絲向我道謝，並開始用海水洗身體。

「話說這東西看起來真詭異。」

或許是第一次看見大章魚，艾爾露出像在說「這東西真的能吃嗎？」的表情。

「雖然非常美味，但那樣的外觀實在讓人卻步。因為曾被港口教會的祭司說：『這是惡魔的使者吧！』，所以『惡魔使者』就成了這種生物的通稱。」

只要看艾格妮絲的慘狀就能明白，章魚既難抓又難賣。根據老漁夫的說明，這是只有漁夫和當地居民會享用的食材。

「吃吃看就知道了。」

我們立刻料理這隻大章魚。

「首先是去除內臟和嘴巴，滑溜溜的部分只要用鹽仔細搓就能洗掉。」

「威爾莫名地清楚呢。」

「只是推測而已。」

當然，其實我早就知道了。

「我們也用相同的方式料理吧。」

「老師，我用大鍋子煮好水了。」

「謝謝妳，貝緹。」

去除大章魚的黏液後，我從章魚腳開始，將章魚放進煮沸的鍋子裡。

大章魚煮起來很花時間，但這樣事前準備就結束了。

「來嘗一下味道吧。」

我用刀子切下章魚腳沾醬油吃，久違的章魚非常美味。

要是有芥末，味道或許會更好。

「從外表看不出來這麼好吃。」

「辛苦總算有了代價。」

「嚼勁剛剛好呢。這種清爽的味道，應該能用在許多料理上。」

「老師，我還想吃。」

我們盡情享受美味的水煮大章魚。

「那麼，接下來換我去了！」

雖然還剩下很多大章魚肉，但仍不夠在學園祭擺攤販賣。

因此辛蒂表示自己也要去抓大章魚，並開始做準備。

「辛蒂，看過艾格妮絲的狀況後，我覺得妳不需要勉強。」

「不！這是讓魔法進步的考驗！既然艾格妮絲都做到了，我也要加油！」

「可是……」

「我出發了！」

辛蒂不聽我的勸告，潛入海裡。

幾分鐘後……

「老師——！為什麼這東西這麼愛纏別人的身體——！果然因為是惡魔使者嗎——！」

意料之內的悲劇又再次發生了。

即使被大章魚的腳纏住全身，辛蒂仍硬是靠「飛翔」飛到沙灘上。

繼艾格妮絲之後，又是一幅刺激人內心本能的場景。

「喔喔！我心裡好像有什麼東西覺醒了……」

「別覺醒啦！」

艾爾又開始像艾格妮絲時那樣說出莫名其妙的話，所以我賞了他一記肘擊。

「我年輕時，曾跟附近的寡婦……」

老先生，就說你年輕時的風流韻事一點都不重要啦。

我再次把長錐刺進大章魚的雙眼之間。

「老師，謝謝你。」

「接下來輪到我。姑且不論哥哥，或許能幫蘿莎姊找到新的好食材。我上了！」

「那也不需要自己親自去抓吧……」

只有自己沒有接受考驗，似乎讓貝緹覺得遭到排擠，因此她無視我的制止跳進海裡。

不出所料……

「為什麼要纏那種地方——！可惡的惡魔使者！不要纏那裡啦！」

遺憾的是，這種事有二就有三。

貝緹也在被大章魚腳纏住全身的狀態下回到沙灘。

「不要把腳伸進泳裝裡啦！」

「加油啊！惡魔使者！」

「加油個頭！」

不曉得這已經是今天第幾次了。

我賞了艾爾一記肘擊，用長錐擊斃大章魚。

「原來如此，以後只要讓年輕女孩去狩獵惡魔使者……」

這個老漁夫，居然在擬定這種不得了的計畫。

雖然艾格妮絲她們能靠「飛翔」逃回岸上，但這種捕魚方式對不會魔法的人來說非常危險。

「是嗎？只要把長錐刺進章魚的雙眼之間就行了吧。」

「是這樣沒錯啦……」

之後我們順利捕獲大章魚，取得比預期還要多的食材。

「那麼，冒險者預備校學園祭正式開始！」

＊　＊　＊

隔天就是學園祭的日子。

我一在空中放出用來代替煙火的「火炎球」，大門就同時開啟，許多鮑爾柏格居民湧入校內。

經過一個星期的準備，平常用來訓練的操場上已經設好各種攤位，居民們進入校內後，就開始尋找有興趣的攤位買東西吃。

外行人開的店價格定得比較便宜，因此每個攤位的生意都很好。

學生們也忙著料理和接待客人。

「走過路過，不要錯過！快來看我怎麼把水果扔到空中，用魔法切成方便入口的大小。」

「這些都事先用魔法冰鎮過囉。」

「我擅長的是火魔法，這些現烤的豬肉串燒都還熱騰騰的喔。」

「我們店烤的是靠特殊管道取得的貝類、蝦子和魚，請務必品嚐看看。」

「用魔法宰殺的貴重烤珠雞居然只賣這個價錢！先搶先贏喔。」

「有人要買刨冰嗎？我們用祕傳魔法將冰削得非常薄！糖漿的種類也很豐富喔。」

魔法師班和其他班級的生意都出乎意料地好。

營業額冠軍能獲得獎金，攤位收益也是由小組成員平分，因此所有人都鼓起幹勁做生意。

在這盛況當中，我和艾爾一同前往艾格妮絲他們的攤位。

其實我本來也想帶艾莉絲她們來，但總不能叫孕婦挺著大肚子來這種人多的地方。

羅德里希也強烈反對。

「晚點再買點土產回去給遙小姐吧。」

「是啊。我也要買給艾莉絲她們。」

難得舉辦學園祭，她們不能來真是太遺憾了。

身為一個溫柔的丈夫，至少要幫她們買點土產。

「話說威爾的弟子們開的攤位，是賣用那個惡魔使者做的料理吧？真的沒問題嗎？」

「呵呵，放心吧。因為那個攤位是我自己打造的。」

「這樣不會太卑鄙嗎？」

「所以不能參加營業額競賽。」

再怎麼說，我也不會偏心到那種程度。

相對地，那個攤位的生意應該會很不錯，讓參加者都能分到一筆可觀的金額。

「你還真有自信……啊！真的好多人排隊！」

不出所料，艾格妮絲他們開的那個賣大章魚料理的攤位，吸引了許多好奇的客人。

「那塊鐵板的形狀真怪。」

「是我用領主權限特別訂製的。」

「有需要做到這種程度嗎……」

雖然已經顯而易見，但我讓艾格妮絲他們做的料理就是「章魚燒」。

難得入手新鮮章魚，當然會想做這個。

水煮章魚是前幾天抓到的獵物。麵粉和蛋隨處都能取得，至於高湯、紅薑、炸天婦羅麵衣屑、海苔、柴魚片和蔥，則是從瑞穗便宜進貨。

鐵板是特別訂製所以有點貴，但反正以後也會繼續用。

湊齊需要的物品後，就只剩下多練習而已。

章魚燒用的鐵板必須先過油，所以艾格妮絲他們從三天前就開始練習做章魚燒。

而且是用魔法。

調整火力，用刷子在鐵板上塗油，倒麵糊，放入章魚塊和其他配料，最後再將底層烤好的章魚燒翻面。

這一連串的動作都要在客人面前用魔法進行。

所以來的客人愈多，艾格妮絲他們的魔法就會進步愈多。

「真是嚴厲。」

「究竟艾格妮絲那組的六個人，能不能持續做章魚燒一直做到材料用完呢。學園祭也是訓練的一環啊。」

魔法師班以外的班級，也是靠自己的力量取得肉和河魚等食材。

跟附近餐廳交涉，借用需要的道具，還有設法以適當的價格進貨。學園祭不只是在訓練他們怎麼當冒險者，同時也在訓練他們當個社會人。

雖然這個世界應該沒有「社會人」這個詞。

「各位，還順利嗎？」

「怎麼做都做不完。」

艾格妮絲正忙著做章魚燒。

她得集中精神使用魔法，所以我們也不好意思打擾太久。

由於我是這間預備校的主人，必須視察所有攤位，因此我和艾爾四處巡視，中途還買了一些串燒來吃。

到了中午，客人又變多了，所有攤位的商品都在約兩個小時後賣光，學園祭也就此結束。

學園祭的狀況比想像中熱鬧，過程也非常順利。

這樣看來，明年應該也能繼續辦。

表揚完營業額高的攤位後，最後是由賣豬肉和兔肉串燒的小組獲得獎金。

當然，艾格妮絲他們的章魚燒店才是營業額最高的攤位，但是這部分必須按照之前的決定不予計算。

「選肉果然沒錯呢。」

「會讓人不自覺地想吃。」

人只要看見烤肉的過程，就會想吃肉。

表揚完學生後，就是只有預備校相關人士能參加的後夜祭。

鮑爾柏格的路燈不多，一到晚上就會變很暗，所以太陽下山之前就得結束。

大家各自料理事先保留的食材，互相交換享受活動。

「老師，我進步很多了。」

才剛到艾格妮絲他們開的章魚燒攤，辛蒂就將自己做的章魚燒遞給我。

試吃過後，我發現味道跟我前世吃的章魚燒差不多。

「這或許可以拿到哥哥的店裡賣。」

「要看材料吧？」

我向貝緹說明章魚燒的食材大多是來自瑞穗，如果想壓低售價，就必須改用能在本地取得的食材代替。

「哥哥好歹是個廚師，應該有辦法解決吧。」

「說得也是。」

貝緹這個妹妹還是一樣對哥哥非常嚴厲。

雖然如果不對那傢伙嚴厲一點，他可能又會開始亂搞。

「老師，我們也有做夫人們的份，請你帶回去吧。」

「謝謝，讓你們費心了。」

「我們玩得很開心喔。」

「明年也想再辦。」

「辛蒂，預備校沒有留級喔。」

「是這樣沒錯！」

學園祭順利落幕，明年也會繼續舉辦。

除此之外，來視察學園祭的海瑞克校長，也決定讓王都的預備校引進這項活動，並逐步普及到其他分校。

＊　＊　＊

「好吃是好吃，不過……」

「雖然很好吃……」

「是啊，味道是不錯啦。」

「好吃，但我有個疑問。」

「我也有同感。」

「的確，到底是為什麼呢？」

「這是哪裡的鄉土料理嗎？」

「我從來沒聽說過。」

我將艾格妮絲他們做的章魚燒帶回去當禮物，但艾莉絲她們試吃後，對章魚燒這道料理充滿了疑問。

雖然她們都稱讚這道料理，卻一臉困惑地享用。

「有這麼奇怪嗎？」

「吶，威爾。」

「嗯。」

「這道料理為什麼要特地加南方捕到的惡魔使者的肉啊？感覺可以直接換成肉、魚、蔬菜或起司。」

「為什麼啊……」

這麼說也有道理。

為什麼章魚燒要放章魚呢？

我從來沒想過這個問題。

「因為好吃吧？」

坦白講，我根本不知道答案，所以只能這樣敷衍亞美莉大嫂。

結果，章魚完全沒在鮑爾柏格普及，雖然街上開始賣像章魚燒的料理，但裡面通常是包肉、魚或起司等章魚以外的配料。

遺憾的是，章魚燒要到很久以後才開始普及。

第二話　威德林遇難

「這裡是古代魔法文明時代建造的地下遺跡。很遺憾，這裡經年老化的狀況非常嚴重，考古學方面的資料也不多。當然，也沒有你們這些冒險者追求的寶物。這裡位於鮑爾柏格境內，等你們今天參觀完畢後，就會被改建成附地下室的警備隊基地。」

「沒有寶物啊，真遺憾。」

「辛蒂，即使有寶物，應該也早就被運出去了。」

「艾格妮絲說的沒錯。既然能讓我們這些預備校學生來這裡實習，表示裡面應該沒有寶物。」

「已經被運出去啦……真的好遺憾。」

「小姑娘們，這座遺跡當初可是連能運出去的東西都沒有。」

除了少部分課程以外，預備校基本上都是在校內上課。

但鮑麥斯特伯爵領地內有許多地下遺跡，其中幾座就散落在鮑爾柏格境內。

這些遺跡都已經探索和調查完畢，這座地下遺跡也是如此。

長年的老化讓遺跡損毀得非常嚴重，所以這裡既沒有寶物，也沒有厄尼斯特想要的具備考古學價值的物品或痕跡，不過地下的部分可以重新利用，因此預定將改建成警備隊的新基地。

警備隊是維護治安的組織，所以地下有牢房和倉庫會比較方便。

在改建前讓未來的冒險者們參觀古代魔法文明時代的地下遺跡，就是今天這場實習的目的。

擔任講師的，是用魔法道具隱藏耳朵的厄尼斯特。

他明明是個吃閒飯的，一開始居然還敢表現得不太情願，但在聽說能夠探索新的地下遺跡後，他就乾脆地答應了。

厄尼斯特以前似乎當過大學教授，他一派輕鬆地對魔法師班的學生進行說明。

話雖如此，這座地下遺跡真的只是個石造的地下室，所以學生們也沒什麼興趣。

既然想當冒險者，那當然還是會希望地下遺跡裡有寶物。

「各位，你們要等成年後才能進入那種場所，今天就先稍微體驗地下遺跡的氣氛再回去吧。」

「「「「「「「好！」」」」」」」

總不能讓預備校的學生進入未探索過的地下遺跡。

現在這樣就已經是極限了。

「光是潛入地下，氣氛就和地上截然不同吧？能明白這點，就算很好的經驗了。」

我指示大家先趁現在記住潛入地下的感覺。

「鮑麥斯特伯爵，你要遵守約定喔。」

「啊——好啦好啦。」

當天地下遺跡的參觀行程順利結束後，厄尼斯特用強烈的語氣提醒我不要忘記協助他探索新的地下遺跡，作為今天擔任臨時講師的報酬。

身為伯爵，我絕對不可能破壞約定……但其實我忘了一件重要的事。

「艾莉絲她們又不能參加，只有我一個人當護衛不夠吧。」

「說得也是。」

直到艾爾指出這點前，我都忘了艾莉絲她們因待產休假中。

明明她們的肚子已經開始明顯變大了……

我反省自己輕率的約定，拜託厄尼斯特讓我延期。

「你之前不是說貴族很看重約定嗎？」

「我又沒說不去。只是要等艾莉絲她們生完孩子，重新找回當冒險者的感覺。」

雖然大概要等兩、三年，但我並沒有說謊。

厄尼斯特只要在這段期間多寫幾篇論文就好。

「所以現在沒辦法。」

「那樣未免太過分了。鮑麥斯特伯爵領地內有許多地下遺跡，吾輩無法忍耐那麼久。」

魔族明明很長壽，卻意外地性急。

「雖然魔族比人類長壽，但這並不表示我們很有耐心。」

「可是啊……」

因為不太方便讓外人知道厄尼斯特的存在，所以也不能委託其他冒險者。

平常協助發掘的家臣們都不具備戰鬥力，不適合與他同行。

「不管是人類或魔族，都要學會死心。」

「唔嗚嗚……既然如此，就換成單純的學術調查吧。」

厄尼斯特拿出地圖，指出一座位於鮑爾柏格附近的地下遺跡。

「這是最近發現的地下遺跡。警備隊已經調查過裡面是安全的，吾輩正在申請進入這裡的許可，但政府機關的動作總是特別慢，不曉得何時才能獲得許可。」

「感覺你話中有刺呢……」

如果是鮑爾柏格附近的地下遺跡，就算警備隊調查完後封鎖起來也很正常。

畢竟可能會有小孩偷跑進去，而且即使沒有寶物，裝飾品和構成地下遺跡的石材也可能遭竊。

鮑爾柏格的人口最近急速增長，導致房屋短缺，所以甚至有人會偷地下遺跡的石材當建材。

厄尼斯特的申請一直沒過……是因為大部分的家臣都不認識他。

我總不能告訴大家「這位是鮑麥斯特伯爵家藏匿的魔族學者，所以要優先給他調查地下遺跡的許可」吧。

「喔，是那座地下遺跡啊。」

「你知道嗎？」

艾爾知道厄尼斯特說的那座地下遺跡。
「那座遺跡地下只有兩層樓，而且沒有任何寶物。內部的裝潢非常豪華，應該是考古學者會喜歡的類型吧。」
換句話說，就是沒什麼經濟價值，但很有學術價值的地下遺跡。
「那就陪你去那裡吧。」
「三個人去嗎？」
「沒什麼關係吧？」
反正有警備隊在看守，之後再從那裡調幾個人幫忙就好。
「那裡只有派幾個防止入侵的人員看守，應該沒有多餘的人力。而且警備隊原本就人手不足，替他們增加這種多餘的工作也太可憐了。」
既然如此，就需要有人擔任我的護衛吧？
「找那些小姑娘來就行了吧。」
「小姑娘？」
「就是鮑麥斯特伯爵的那三個弟子。」
厄尼斯特提議讓艾格妮絲她們擔任我的護衛。
「反正吾輩這次只是去地下遺跡進行事先調查，沒什麼危險，有那些小姑娘在就夠了吧。」
雖然還年輕，但那三人都是前途看好的魔法師。

即使只是形式，讓她們擔任護衛也不錯。

儘管照理說不能讓未成年人做這種事，但我有貴族身分，又是這塊領地的領主。

就像我以前還未成年就被派去討伐古雷德古蘭多一樣，只要我以當家權限命令她們擔任護衛就沒問題了。

「這主意不錯，只要讓她們三個一起去就行了。」

雖然尚未成年，但她們三個都是魔法師，在毫無危險的地下遺跡擔任護衛應該是難不倒她們。

別說是戰力綽綽有餘了，如果傳進其他貴族耳裡，或許還會覺得這陣容太奢侈。

「我去問她們看看……」

這可以等預備校放學後的下午再去，只要多給她們一點打工費就行了吧。

實際上幾乎沒有事要做，她們或許還會很高興接到好賺的打工。

「在地下遺跡擔任老師的護衛嗎？我要做。」

「老師，我會加油。」

「是什麼樣的地下遺跡啊？」

我立刻詢問三人的意願，她們都非常樂意接受，於是我們將陪厄尼斯特一起去探索地下遺跡。

「原來如此……這很有學術價值。」

「喔喔——！這個超出我的預期呢！」

＊　＊　＊

隔天下午，我們一同潛入之前在鮑爾柏格邊界發現的地下遺跡。

入口有兩個警備隊員在站崗，他們似乎要輪班防範盜挖。

我們立刻進入地下遺跡，然後發現天花板和牆壁上有許多立體的龍形雕刻。

這座地下遺跡的造型很像神殿，裡面擺著各式各樣的龍石像，並在像大理石的石柱上刻了造型栩栩如生的龍。

厄尼斯特見狀，就興奮地四處張望，認真地做筆記。

我一開始也覺得很感動……但看三十分鐘就膩了。

「老師，這座地下遺跡是神殿嗎？」

和我一起參觀地下遺跡的艾格妮絲如此問道。

「不曉得耶？該不會以前有信仰龍的古代宗教吧。」

「雖然過去確實有那樣的宗教，但跟這座地下遺跡沒有關係。」

厄尼斯特代替我回答艾格妮絲的問題。

「你講得還真篤定。」

由此可見，厄尼斯特對自己的說法很有自信。

「這裡的龍形雕刻非常精緻，但只要比對那些已經出土的崇拜龍的宗教設施，就會發現設計完全不同，應該單純只是用來裝飾。」

「原來如此。」

地下二樓幾乎都是龍的裝飾……這座地下遺跡到底是建來做什麼的？

「這要等之後再另外進行學術調查。話說艾爾文去哪裡了？」

「咦？這麼說來……」

我環視周圍，但沒發現艾爾，艾格妮絲正在看巨大石柱上的龍形雕刻，我向她打探艾爾的行蹤。

「艾爾文大人好像去上廁所了。」

「來之前就先上啦……」

雖然不能直接在這座地下遺跡上廁所，但幸好這裡離城鎮很近。

艾爾大概是覺得我不會有危險，所以就跑去外面借廁所了。

「算了。厄尼斯特，差不多可以了吧？」

「說得也是。」

我們今天只是來替學術調查預作準備，所以厄尼斯特忙了一個小時後，就沒事可做了。

我一提議回去，他就罕見地直接贊同。
「艾格妮絲、辛蒂、貝緹，要回去囉。」
「這麼快？」
「這樣還有錢拿，真是不好意思。」
「才過約一個小時喔。」
艾格妮絲她們似乎因為這麼容易就能拿到比平常還要多的工資，感到不好意思。
「雖然比預期還要快結束，但妳們都有好好完成自己的工作，不需要在意。」
「但我們只有來參觀地下遺跡。」
「妳們的工作是擔任我的護衛，而我現在平安無事，接下來就剩下回去而已，只要有好好完成工作就不需要在意。」
艾格妮絲果然是個認真的孩子。
居然會因為能輕易獲得報酬感到不好意思。
「事情就是這樣，我們回去吧。」
「老師，那是什麼？」
我才剛說要回去，辛蒂就發現了什麼。
我在她指示的方向發現一隻老鼠。
這是我們進入地下遺跡後，第一次看見的生物。

「是老鼠啊……」

「老師，那不像是普通的老鼠……」

「咦？這是……」

我在貝緹的提醒下重新審視老鼠，發現那並不是活的老鼠。

儘管外表像是真的有長毛一樣，但仔細看就會發現皮膚散發出金屬光澤……

「那是人造物，而且是相當古老的類型。」

厄尼斯特判斷那隻老鼠是人造物。

「那是貴重的學術資料，能用在魔導技術的研究上。」

和實物相同尺寸的人造老鼠。

只要抓回去研究，就能讓魔導技術更加進步。

「那我去把它抓回來。」

辛蒂一聽，就毫無防備地跑去抓老鼠。

她大概以為人造老鼠不是什麼危險的東西。

但這對冒險者來說，是既輕率又危險的行為。

我連忙想阻止她。

「辛蒂！不可以隨便靠近……」

「咦？」

就在辛蒂因為我的話而回頭的瞬間，我感覺到人造老鼠從嘴裡射出某種魔法。

在那之前，我都沒從老鼠身上察覺任何魔力，不曉得到底是什麼構造……不對，現在不是思考這種事的時候。

這樣下去，辛蒂會被魔法擊中。

用「魔法障壁」會來不及，所以我反射性地將辛蒂撞開，用身體承受老鼠的魔法。

既然是肉眼看不見的魔法，應該不會造成直接傷害。

即使如此，如果艾爾在場應該會生氣吧。

「……？奇怪，什麼事都沒發生？」

雖然中了老鼠的魔法，但我一點都不覺得痛。

只是感覺視野變低了……

「辛蒂，妳沒事吧？」

「嗯……可是老師！」

「我？……奇怪？感覺辛蒂好像突然變大了。」

我會這麼覺得，是因為我正在仰望辛蒂。

這到底是怎麼回事？

「老師！你沒事吧？」

「身體狀況還好嗎？」

艾格妮絲和貝緹擔心地跑過來，但感覺連她們兩個也變大了。

「鮑麥斯特伯爵，你要面對現實。你只要照一下鏡子，就會知道不是她們三個變大。」

我從魔法袋裡拿出手鏡確認自己的臉。

感覺魔法袋、身上的裝飾品和長袍都變大了……

尤其是長袍，更是變得鬆鬆垮垮。

至於我映照在鏡子裡的臉……

「簡直就像是小孩子。」

這讓我想起剛轉生到這個世界時的事情。

「鮑麥斯特伯爵，你差不多該停止逃避現實了。」

「嗯，我知道啦。」

其實在被老鼠放出的神祕魔法擊中時，我就差不多發現了。

我從來沒聽說過這種魔法，所以還是覺得有點難以置信，但實際上我的身體真的變小了。

「長袍和衣服都變得太大，應該不方便行動吧？」

「雖然這也是個問題，但要是知道我突然變小了，不曉得艾莉絲她們會怎麼想？」

明明孩子就快出生了，我這副模樣與其說是父親，不如說是哥哥。

「這就叫做逃避現實。」

厄尼斯特這傢伙……因為事不關己就這樣……

「老師，對不起……不過好可愛。」

「老師，都是因為帶了我們來……好可愛。」

「老師，你沒事吧？好可愛。」

艾格妮絲她們圍著我一直喊可愛。

「這些小姑娘們真是了不得。」

我中了老鼠的魔法後，不知為何就變成了小孩子。

「去追那隻老鼠吧。」

「為什麼？」

「根據吾輩的推測，將鮑麥斯特伯爵變成小孩子的老鼠，是古代魔法文明時代最尖端的魔法道具。那隻人造老鼠能夠使用將大人變成小孩的特殊魔法，而解除魔法的關鍵，應該就是破壞它。」

就在我因為變成孩子而不知所措時，厄尼斯特說出驚人的事實。

我似乎必須破壞那隻會用魔法的老鼠，才能夠恢復原狀。

「魔法遲早會失效吧？」

「正常來講是這樣沒錯，但那隻人造老鼠已經在這座地下遺跡活動了相當漫長的時間。既然如此，還是認定它能讓鮑麥斯特伯爵持續維持孩子的樣貌比較保險。實際情況應該是只要那隻老鼠能持續透過某種方法補充魔力，施展的魔法就能一直維持效果。」

厄尼斯特對發問的艾格妮絲闡述自己的見解。

「這表示不能讓那隻老鼠逃跑嗎？」

「沒錯。那隻老鼠非常嬌小，如果被它躲起來，鮑麥斯特伯爵可能到死都得維持孩童的樣貌。」

厄尼斯特這傢伙，居然一派輕鬆地說出這麼不得了的事情！

「先發制人！『火炎箭』！」

既然如此，那事情就簡單了。我用火箭魔法攻擊幾公尺外的老鼠。

這麼近的距離，我不可能射偏……

「怎麼可能！」

「啾～」

我放出的「火炎箭」威力比我想像中還弱，即使命中也無法對那隻小老鼠造成任何傷害。

「完全被它瞧不起了。」

人造老鼠的身體比外表看起來還要堅硬。

以我現在的魔法，根本不足以破壞它。

「鮑麥斯特伯爵，人造老鼠怎麼可能瞧不起人。是你的錯覺吧。」

「……」

這我當然知道！

只是比喻而已！

先不管這個，沒想到我的魔法威力居然變得這麼弱……

「看來身體變成小孩子後，魔力量也跟著恢復到那個時期了。」

換句話說，我現在只剩下和剛開始學魔法時一樣的力量。

從剛才的「火炎箭」來看，我的實力已經弱化到初級程度。

「那隻老鼠體內蘊含魔力，以鮑麥斯特伯爵現在的魔法應該是無法破壞它。」

「別說得這麼冷靜！」

「這下不妙了！既然如此就交給我吧！」

「我也來幫忙！」

「有點捨不得這個可愛的樣子……不對！可惡的老鼠！」

艾格妮絲她們一得知我無法破壞老鼠，就決定自己用魔法攻擊。

但在被擊中前，老鼠就先躲到刻著龍形裝飾的石柱背後。

「站住——！」

「躲起來也沒用！」

「看我怎麼破壞你！」

艾格妮絲她們急忙繞到石柱後面，但馬上就帶著不知所措的表情回來。

「怎麼了嗎？」

「老鼠逃到洞裡了。」

「妳說什麼！」

我急忙過去確認，然後發現石柱底部有一個剛好能讓老鼠通過的洞。

那個洞似乎通往地下。

「嗯——這是……」

「厄尼斯特，你『嗯——』個什麼勁啊？」

「看來這座地下遺跡底下還有其他空間。」

「之前調查的人到底在幹什麼？」

這個位於石柱底部的洞，似乎通往下層的其他空間……

……按照常理，調查的人應該會發現吧？

「這個洞看起來還很新。大概是之前調查的人發出聲響，讓底下的老鼠挖了個洞上來確認吧。」

原來如此。事前調查的聲音讓老鼠開始活動，然後在上來時剛好遇見我們嗎？

我在心裡反省不該懷疑負責調查的家臣們。

「總之先和艾爾會合……」

等和去上廁所的艾爾會合後，我們還得去尋找通往地下的道路，破壞那隻老鼠，否則我會一直維持小孩子的樣貌……

「喔喔！在魔國偶爾也會遇到喜歡像這樣裸體的魔族呢。」

「才不是那樣！」

因為身體突然變小，所以我剛才一跑衣服就掉下來了。

我現在只能勉強將長袍披在身上，但這對小孩子來說實在太重了……

不僅魔力變弱，還沒有衣服穿，真是太悽慘了。

「總而言之，必須盡快破壞那隻老鼠。」

「不如集結鮑麥斯特伯爵家所有的兵力，直接攻克這座地下遺跡怎麼樣？」

以目前的成員挑戰這座地下遺跡，或許會有危險。

雖然是個苦澀的決定，但還是先撤退比較好……

「地下遺跡一直延伸到這個洞底下……必須趕緊破壞老鼠才行。」

「如果老師變不回來……其他同學一定會很生氣。」

「為了盡快抓到老鼠……只好用魔法把這個洞挖大一點了！」

或許是覺得必須拯救變成小孩的我，艾格妮絲她們打算一起用魔法將石柱上那個老鼠逃跑的洞挖大。

這麼做實在太過輕率……看來她們真的急了。

既然這座地下遺跡有那樣的老鼠存在，可想而知一定還有其他無法預期的陷阱。

就在我準備阻止她們時……我發現刻在石柱上的龍眼睛在發光。

「厄尼斯特！」

「石柱上的龍，對小姑娘們高漲的魔力產生了反應。」

「那會發生什麼事？」

「吾輩也不知道。」

然而，答案馬上就揭曉了。

我們的腳邊浮現出好像在哪裡看過的魔法陣。

與此同時，我們的腳也像是被釘在地面般動彈不得。

「這裡原本有魔法陣嗎？」

「根據吾輩的推測，石柱上的龍眼睛應該是類似投影機的裝置，它吸收了小姑娘們的魔力，將魔法陣投影在目標腳邊。看來這座地下遺跡中獎了。」

「現在是高興的時候嗎！」

浮現在腳邊的魔法陣讓我覺得似曾相識。

那和我剛當冒險者時遇到的「逆向虐殺陷阱」很像。

那也是古代魔法文明時代的遺物，所以我們可能會和那時候一樣，被轉移到其他地方。

而且現在狀況非常不妙，我變成了小孩，艾爾不在，厄尼斯特不是這方面的專家，經驗不足的艾格妮絲她們也構不成戰力。

「「「老師！」」」

「事到如今，也沒其他辦法了。妳們三個要保持冷靜。」

就在我心想這樣講實在沒什麼幫助時，腳邊的魔法陣發出更加強烈的光芒，眼前變得一片漆黑，我就這樣失去了意識。

＊　＊　＊

「嗚嗚……果然被轉移到其他地方了……」

「老師，你沒事吧？」

被神祕的魔法陣轉移到某處後，我一醒來就在近距離看見艾格妮絲的臉。

艾格妮絲正在照顧失去意識的我，並讓我躺在她的大腿上。

因為變成小孩後，對魔法的抵抗力也跟著減弱，所以我多花了一點時間才醒來，大家似乎都在等我。

「喔喔，你醒來啦。」

「老師，你動得了嗎？」

「勉強可以……咦？」

我本來打算起身，但馬上就因為頭暈而倒回艾格妮絲腿上。

遺憾的是，我現在的體力似乎變得和剛轉生到這個世界時一樣，只有大約五歲的程度。

但至少我還有魔力。

由於我現在的魔力量只有初級程度，不太能構成戰力，所以主要還是得依靠厄尼斯特和艾格妮絲她們。

雖然不曉得接下來會遇到什麼，但只有魔法師的隊伍實在太不平衡了，少了艾爾真的影響很大。

「老師，你要再多休息一會兒。」

「很遺憾，看來妳說的沒錯。」

我現在只能先設法恢復因為轉移消耗的體力。

我繼續躺在艾格妮絲腿上，而且沒有餘裕覺得難為情了。

反正也沒有其他人在……

「回去後，吾輩想立刻調查這座地下遺跡。」

「這種話等回去後再說吧。」

我們得先平安回到地上，才有辦法再來調查這座地下遺跡。

「艾格妮絲，我跟妳換吧。」

「拜託妳了。我去勘查附近的狀況。」

「艾格妮絲，別跑太遠，記得使用『探測』。」

「好的，我知道了。」

魔力最多的艾格妮絲——當然是扣掉厄尼斯特——似乎沒有餘裕繼續照顧我，她讓我躺到貝緹腿上，開始用「探測」調查周圍。

「沒有類似魔物的反應。」
果然還是得等我恢復後，再移動到其他地方調查。
「老師，頭底下會不會太硬？」
「沒問題。」
艾格妮絲的大腿很軟。
她的成績是班上第一，所以比起運動，在家念書的時間應該更長吧。
貝緹經常狩獵，所以大腿比艾格妮絲緊實，但觸感十分滑嫩。
不曉得辛蒂的大腿躺起來是什麼感覺……不對！我又不是好色大叔！
現在明明不是確認這種事的時候！
「老師，對不起。都怪我輕率地靠近老鼠……」
辛蒂認為這個狀況是自己的責任，表現得非常沮喪。
「辛蒂，事到如今，就算後悔也沒用了。現在要專心思考怎麼逃出這裡。對冒險者來說，這才是最重要的事情。」
「好的！」
我在說話的同時輕撫辛蒂的頭，最後總算讓她恢復平常的開朗。
如果她太消沉，或許會對接下來的逃脫行動造成妨礙。
「總算不頭暈了。」

「老師，你還是再躺一下比較好……」

「貝緹，謝謝妳替我擔心，但無法保證這裡會一直這麼安全。我已經沒事了。」

「老師，累的話要馬上說喔。」

「那當然。畢竟我現在是這個樣子……」

我們的目標是回到地上，首先要偵察附近的狀況。

我休息的這段期間都沒遭遇襲擊，所以這附近應該暫時還算安全。

「鮑麥斯特伯爵，你還是先換衣服比較好。」

「說得也是。」

我現在穿的衣服非常鬆垮，長袍對我來說太長又太重，走路時還會在地上拖。

於是我趕緊將衣服和長袍收進魔法袋，拿出小時候穿的衣服。

「你真愛惜東西。」

「只是忘了丟而已。」

覺得可能還用得到的窮人習性和嫌丟東西麻煩的懶散個性，意外派上了用場。

雖然有些破舊，但還是能穿。

順帶一提，我現在只剩下初級程度的魔力，所以只拿出最輕的短杖來用。

這樣應該能稍微提升魔法的威力。

「真是的……居然遇到這種災難……話說妳們的臉為什麼那麼紅？」

我發現艾格妮絲她們都紅著臉看向這裡。

「老師，換衣服的時候要先說一聲啦。」

「抱歉，但現在是緊急狀況。」

我現在一秒鐘也不想浪費，而且我現在的身體跟小孩子一樣。

所以我告訴艾格妮絲就算被看見也無所謂。

「老師，你這樣太不體貼了。」

如果冒險者的隊伍是男女混合，那偶爾也會不小心看見異性的裸體。

大家在這種時候並不會特別在意，更不會因此興奮，畢竟要是因此對隊伍的團隊合作造成影響就不妙了。

所以我告訴艾格妮絲她們不需要在意，還是快點準備移動比較好。

「我知道了。我沒看見老師很小。」

「我說啊……那是因為我現在是個孩子。」

包含對待哥哥的態度在內，我開始覺得貝緹或許其實是個虐待狂。

「……如果這是通道未免也太寬了。根本看不見前面有什麼……」

「寬度和高度大約是十公尺，而且還滿長的。」

等我換好衣服後，我們就離開被轉移過來的地點。

我們依靠提燈型的魔法道具，走在看起來像是直接在岩石上挖出的通道。

「我的步伐……」

令人困擾的是，因為突然變成小孩，所以我的步伐變小，走路速度也慢了下來。

艾格妮絲她們也配合我放慢腳步，再加上我很快就會累，所以必須增加休息次數。

無法像平常那樣行動，真的讓人覺得很辛苦。

「老師，你還好吧？」

「要跟我牽手嗎？」

「還是要我揹你。」

「艾格妮絲專心注意前方；辛蒂，牽手只會妨礙彼此行動；貝緹也一樣，在後衛背上反而更危險吧。」

目前艾格妮絲負責走在最前面警戒，辛蒂在中間保護我和艾格妮絲，貝緹警戒著後方前進，但三人都只顧著注意我，所以我只好開口提醒她們。

「大家要好好執行之前分配的工作，不然可能會在擅自行動時，突然遭到陷阱或魔物襲擊。」

我嚴厲提醒三人這是攸關性命的事情。

「用那個外表警告別人，實在沒什麼說服力。」

「要你多管閒事！」

厄尼斯特表示就算我用小孩子的外表提醒別人也沒什麼效果，但我狠狠反駁回去。

雖然從魔力量來看，他是目前最強的戰力，但實在很難運用。

「生氣的老師也好可愛。」

「……」

我本來以為艾格妮絲是這群人良心的最後防線，但偏偏就連她都覺得我很可愛。這證明了厄尼斯特的說法沒錯，但我堅決不願意承認。

「所以，這什麼時候才會恢復？」

「在破壞老鼠前，都不可能恢復。那隻老鼠會對入侵者施展幼童化的魔法，以防止外人進入遺跡內部。」

只要入侵者變成小孩，力量和魔力就會變弱，這樣就能輕易防止入侵。

「到處都找不到有學術價值的東西。」

厄尼斯特似乎也不喜歡這座怎麼走都只看得見岩壁的地下遺跡。

他看起來不像平常那麼開心。

「只有通道、洞窟和空間，根本無法激發想像力。」

「畢竟這裡真的就只是個洞窟。話說這條路到底通往哪裡？」

「既然用魔法陣將入侵者轉移到這裡，應該是通往具備某種用途的空間吧。」

反正根據「逆向虐殺陷阱」的經驗，接下來絕對不可能有什麼好事。

「吾輩也沒想到居然會讓刻在石柱上的龍眼投影出魔法陣。多虧我們在地下遺跡的上層掀起騷動，才能遇見上來調查的老鼠，這也算是因禍得福。」

「真羨慕你這麼悠哉。」

這也是學者的個性吧。

以為只要把柱子底下的洞挖大就能立刻抓到老鼠的想法，實在是個敗筆。

就在三人打算施展魔法時，她們的魔力觸動了轉移魔法陣，將我們傳送到這裡。

真是太大意了。

如果是艾莉絲或莉莎，就不會在那時候輕率使用魔法。

「因為是被傳送到這裡，所以也不能用『瞬間移動』回去。」

「雖然吾輩推測這裡離鮑爾柏格的近郊不遠，但距離應該剛好能夠妨礙『瞬間移動』。」

即使不考慮這點，以我現在的魔力量也無法施展「瞬間移動」。

其他還有許多魔法，也都因為魔力不足無法使用。

我現在完全只是個累贅。

「老師，前面有個像房間的空間。」

走了約十分鐘後，我們抵達一個稍微寬敞一點的空間，這裡看起來是個房間。

本來以為路到這裡就斷了……但房間中央有個石頭打造的臺座，上面擺了一座約三公尺高的龍雕像。

仔細一看，雕像後面有個往上的樓梯。

「只要爬上那個樓梯，就能去上面的樓層吧。」

「這座龍雕像做得真好。」

「是古代魔法文明時代的產物呢。」

「你們怎麼還這麼悠哉……」

即使身體變成小孩，我還是看得出來。

姑且不論還是生手的辛蒂，厄尼斯特明明也早就發現了。

我立刻將心態切換成戰鬥模式。

「妳們三個，快準備施展『魔法障壁』。」

我立刻命令艾格妮絲她們進入備戰狀態。

至於厄尼斯特……我不覺得他會聽我的命令，而且他的魔力還比我強。

即使動作慢了一步，也沒那麼容易死吧。

「咦？為什麼？」

「而且那個龍……」

「應該只是人工打造的雕像……」

「不，那是我們的敵人。」

「鮑麥斯特伯爵，你看龍雕像的頭上。」

「原來是在這裡……」

把我變成小孩的人造老鼠，就在龍的頭上。

這樣應該可以認為是老鼠在操縱那座龍雕像吧。

「話說回來，『探測』對那隻老鼠無效呢。」

「它們就是被設計成這樣。極端小型化，並擁有能夠施展特殊魔法的強大性能。鮑麥斯特伯爵，可以的話，請你在不會造成損傷的情況下打倒它。」

「這我無法保證。」

畢竟我現在沒什麼戰鬥能力，只能以艾格妮絲她們為主力戰鬥。

「厄尼斯特才是該努力一點。」

「吾輩的『闇』屬性魔法是以操縱人、魔族和生物的心為主，因此對那種人造物不管用。吾輩能做的，就只有保護鮑麥斯特伯爵而已。」

說完後，厄尼斯特張開堅固的「魔法障壁」，將我藏在裡面。

看來他把我視為發掘地下遺跡的贊助者。

「那就是所謂的龍魔像。」

「小姑娘們，加油吧。」

「艾格妮絲、辛蒂、貝緹，以妳們的魔力，是有勝算的。冷靜下來，一面回想上課的內容，一面戰鬥吧。」

「「「是！了解！」」」

我讓艾格妮絲等人冷靜下來，她們一開始與龍魔像對峙，龍魔像就發出咆哮，戰鬥就此開始。

「從性能上來看，應該和紐倫貝爾格公爵在帝國使用的一樣是量產型……」

「但外觀比較小，所以應該是注重敏捷的類型。」

艾格妮絲她們開始與龍魔像戰鬥，但雙方都還在打量對手的階段，持續對峙。

我的弟子們擺出隨時能夠展開「魔法障壁」的架勢，似乎是在等待對手攻擊。

既然是龍魔像，應該會使用吐息，但這種小型魔像也可能活用自己的敏捷，用爪子採取攻擊完就立刻撤退的戰術。

艾格妮絲她們應該也有設想到這裡。

「裝甲的祕銀比例還滿高的呢……是因為尺寸較小，所以想用素材彌補降低的防禦力嗎？我是覺得應該沒什麼效果……」

「雖然很像是量產品，但既然那隻老鼠坐鎮在頭上，表示那可能是它的專用機。」

為了讓艾格妮絲她們能夠更好戰鬥，我和厄尼斯特將自己的分析結果告訴她們。

判斷材料還是多一點比較好。

雖然資訊太多也可能造成誤判，但有我們在就不用擔心。

我變成了小孩子，厄尼斯特的魔法性質上無法對人造物產生傷害。

因此我們只能在一旁提供建議。

「老師！它過來了！」

這座龍魔像比我之前見過的都要敏捷。

它低空飛行，用爪子攻擊艾格妮絲她們，但她們還沒生澀到會被這種攻擊打中。

龍魔像在用爪子攻擊的同時，發出吐息。

因為體型的關係，吐息的威力並不強，但艾格妮絲她們沒預料到這個攻擊，在千鈞一髮之際展開「魔法障壁」防禦，這讓她們開始焦急。

「別忘了要持續監視龍魔像的魔力流動。」

「老師，這些事都要同時做嗎？」

「因為妳們是三個人在戰鬥。好比說，可以讓辛蒂負責『探測』，在龍魔像使出吐息前提醒另外兩人。」

「原來如此，不愧是老師！雖然很可愛。」

「真的很可愛。」

「現在不是說這個的時候吧！」

我開口責備辛蒂和艾格妮絲，她們在我變成小孩後就一直嘲弄我可愛。

「明明老師真的很可愛……」

「這晚點再說。」

雖然晚點我也不想討論這個話題，但總之現在必須將精神集中在戰鬥上。

「能量來源是那個臺座啊……」

龍魔像使出強力的攻擊後，過一段時間就會回到臺座上。

大概是要用裝在那個臺座上的魔晶石補充消耗的魔力吧。

簡直就像是手機充電器。

「……那隻老鼠真是惹人厭……」

龍魔像頭上的老鼠看起來一臉得意，明明就是它把我變成小孩，並害我們被陷阱轉移到地下遺跡下層。

「老師，只要瞄準那隻老鼠破壞它，是不是就能讓龍魔像停止活動？」

「不曉得呢？」

即使破壞老鼠，也不保證能停止龍魔像。

「在那之前，要瞄準老鼠非常困難。」

老鼠非常小，而且還待在龍魔像頭上。

龍魔像頭上有個不曉得該說像雞冠，還是像魚鰭的裝飾，老鼠就躲在那個部位後面，無法輕易從遠處用魔法攻擊它。

「即使運氣好破壞老鼠，龍魔像也可能會自動攻擊敵人。」

果然必須兩個都破壞。

既然很難瞄準老鼠，就只能先破壞龍魔像了。

「事情就是這樣，艾格妮絲、辛蒂、貝緹，拜託妳們了。」

我現在攻擊力不足，厄尼斯特則是不適合這種戰鬥。

儘管三人經驗尚淺，但現在也只能交給有辦法破壞龍魔像的她們了。

「我知道了！雖然老師現在很可愛，但果然還是得讓老師恢復原狀。」

「沒錯。啊，可是，如果情況允許，我想在老師恢復前摸他的頭……」

「嗚嗚，老師真可愛。雖然還是變回來比較好，但感覺有點可惜。」

「……妳們三個給我好好戰鬥啦。」

「「「遵命！」」」

女孩子真的都很喜歡可愛的東西。

雖然我實在很難客觀判斷小時候的自己可不可愛。

總而言之，掉以輕心會導致落敗，因此我激勵三人，再次挑戰龍魔像。

「回想起上課的內容……上吧！辛蒂、貝緹！」

她們讓三人中最為年長的艾格妮絲負責指揮，再次與小型龍魔像展開戰鬥。

無論是從魔力量、年齡還是性格來看，我都覺得讓艾格妮絲領軍是最好的判斷。

「貝緹！使用『魔法障壁』！」

「交給我吧！」

與龍種戰鬥時絕對不能忘記防禦，艾格妮絲將這項工作交給擅長「魔法障壁」的貝緹。
多虧貝緹在適當的時機展開威力恰到好處的「魔法障壁」，她們才能遊刃有餘地應付龍魔像的吐息攻擊。
「『魔法障壁』的時機和強度都還算及格……」
「鮑麥斯特伯爵，你真嚴厲呢。」
「畢竟這攸關生死，而且我是老師。」
「即使外表是這個模樣？」
「別再提這個了！」
我又不是自願變成小孩。
艾格妮絲她們與龍魔像的戰鬥還在試探階段，目前雙方看起來勢均力敵。
這不是實技演練，我必須在緊要關頭出手相助，但以我現在的攻擊力……
雖然不曉得能不能派上用場，但得先做好救援的準備。
「吾輩聽說鮑麥斯特伯爵曾經打敗過骸骨龍，難道她們做不到嗎？」
「別拿我跟她們比啦。艾格妮絲她們已經做得很好了。」
真要說起來，是十二歲就能單獨和那種怪物戰鬥的我太異常了，艾格妮絲她們經驗尚淺，所以已經算對應得很好了。
如果在場的是班上的其他學生，我和厄尼斯特可能早就死了。

「這表示偏心也不算是件壞事。」
「別說我偏心啦！」
我只是照顧優秀的學生！
這個空有魔力卻派不上用場的傢伙，還真是嘴巴不饒人。
「那麼，我要開始支援了。配合我的指示，短暫解除『魔法障壁』。」
「了解。」
外表變成小孩的我，從魔法袋裡取出很久以前自己手工製作的弓箭。
雖然即使射中龍魔像也不太可能讓它受傷，但我的目的並非造成傷害。
我將兒童用短箭的箭頭取下，換成尺寸差不多的魔石，然後架起箭矢，瞄準正在與艾格妮絲她們戰鬥的龍魔像。
「你想做什麼？」
「剝奪它的視覺。」
雖然老鼠和龍魔像是人造物，但只要有人造的眼睛，就能對視覺造成傷害。
在箭矢前端裝魔石，是為了對龍魔像施展「閃光」。
「只要鮑麥斯特伯爵直接使用魔法，就不用裝魔石了吧。」
「我還有另一個目的。厄尼斯特！艾格妮絲你們也一樣，把眼睛閉上！」
我一打信號，厄尼斯特就暫時解除「魔法障壁」，艾格妮絲她們則是強化「魔法障壁」閉上眼睛。

之後，我射的箭飛向龍魔像的鼻尖，箭上的魔石在命中頭部前發出刺眼的光芒。

我現在只能使用初級魔法，即使想用「閃光」剝奪龍魔像的視線，威力也有限。

何況對手是人造物，這也會影響效果。

所以我才讓箭頭上的魔石跟著燃燒，在龍魔像面前釋放強烈的「閃光」。

如果是在極近距離發出強烈的光芒，應該能燒壞充當老鼠和龍魔像眼睛的鏡片。

「這招是用來封住敵人的視野啊。」

「沒錯。」

雖然通常刺眼的效果無法維持很久，但只要燒壞人造眼睛，在修理好前都會持續影響視力。

「艾格妮絲，老鼠和龍魔像的視力應該已經受到限制。好好利用它們的死角！」

「好的！」

這麼一來，戰況應該會稍微對艾格妮絲她們有利。

就在我這麼想時，艾格妮絲她們一口氣發動攻勢。

貝緹負責控制「魔法障壁」進行防禦，艾格妮絲使出追蹤型的「火炎球」，辛蒂則是射出「土槍」攻擊龍魔像。

「看來威力足夠。」

為了節約魔力，艾格妮絲她們將魔法壓縮到極限，如果命中應該能造成傷害。

但龍魔像的動作非常快。

它巧妙地躲過兩人的攻擊魔法。

「不愧是小型魔像，果然很敏捷……艾格妮絲，不要直線發射魔法！妳以為我是為什麼要削弱它的視力。」

即使好不容易用「閃光」削弱敵人的視力，如果老實地持續從正面發射魔法，還是無法對老鼠和龍魔像造成威脅。

畢竟它們只是視覺機能稍微受損，並不是完全看不見。

「辛蒂！先攻擊右側！」

「好的！」

我一下達指示，辛蒂就讓壓縮的「火炎箭」大幅彎曲，打算貫穿龍魔像右側的翅膀。

然而，她的攻擊在命中之前就被龍魔像的尾巴彈開。

「老師，沒有用。」

「並不是完全失敗。」

果然，「閃光」確實讓它們的視野變狹窄了。

龍魔像在應付辛蒂從右方襲來的魔法時慢了一拍，是多虧了老鼠的指示才勉強擋下。

仔細一看，龍魔像的部分尾巴已經熔解了。

它其實是想躲開，只是視野範圍變窄，才被迫用尾巴彈開攻擊。

「艾格妮絲，這次攻擊左邊！」

「好的！」

接著，艾格妮絲用「風刃」從左側攻擊龍魔像。

這招命中它的翅膀，砍斷了翅膀前端。

「各位，知道該怎麼做了吧？」

「「「是的！」」」

透過剛才那一連串的指示，我們確認龍魔像左側的視野變得非常惡劣。

艾格妮絲她們也理解到目前的最佳手段，就是持續利用這點累積傷害。

「這類型的古代魔法文明時代產物確實很強，但只要成功給予一次傷害，之後就會比較容易剝奪它們的戰鬥力。畢竟它們無法用治癒魔法或魔法藥恢復。」

雖然我也看過會自動修理的類型，但只要別讓它們逃跑就好。

「看招！」

辛蒂再次從龍魔像左側發射壓縮過的「火炎箭」。

這次也順利命中，在龍魔像的左側翅膀上開了個大洞。

或許是覺得繼續挨打會很不妙，龍魔像開始活用嬌小的身軀展開反擊。

龍魔像在絕對不算寬廣的洞窟內四處飛竄，但都沒有撞到天花板或地板，它一面進行超低空飛行，一面朝艾格妮絲她們發射吐息。

但這些攻擊都被專心施展「魔法障壁」的貝緹擋了下來。

像是要還以顏色般，艾格妮絲也用壓縮過的「火炎箭」攻擊龍魔像的左側。
這次也順利命中，龍魔像似乎不希望再被擊中翅膀，所以犧牲半條尾巴保護了翅膀。
「龍魔像透過自己優秀的人工人格，和那隻老鼠的人工人格攜手合作。真是太出色了。」
「你到底是站在哪一邊啊！」
明明我們要是輸了就會死……所以我才討厭學者。
「灰塵真多呢。」
「結果你馬上又開始抱怨這種無聊的事情……」
厄尼斯特用手揮開龍魔像快速移動時掀起的大量沙塵，開口抱怨。
既然平常有在進行發掘作業，就別抱怨灰塵這種小事情啦。
不曉得是魔族本來就反覆無常，還是學者本來就很難搞，總之我真的搞不懂這傢伙。
「哎呀，好險。」
就在我這麼想時，厄尼斯特迅速展開「魔法障壁」，擋下因為沒命中艾格妮絲她們而飛來這裡的吐息。
「吾輩派上用場了呢。」
「是啊。」
艾格妮絲她們現在果然沒有餘力注意其他地方。
「打不中！」

「艾格妮絲，我們用魔法把它逼到洞窟角落！」

「嗯，抓準時機，一起攻擊吧！」

即使如此，她們還是開始自己思考戰術，但就算將龍魔像逼到洞窟角落，它還是輕易躲過兩人的魔法並加以反擊。

「艾格妮絲！辛蒂！動作快點！」

負責用「魔法障壁」抵擋龍魔像攻擊的貝緹，因為魔力量逐漸減少而感到焦急。

「明明可以用預備的魔晶石恢復魔力。」

「應該是沒有那個餘裕吧。」

貝緹必須適時展開「魔法障壁」。

缺乏戰鬥經驗這點，在這時候產生影響，因為無法移開視線，所以她抓不到用魔晶石恢復魔力的時機。

這是初學者常有的失誤，並不是什麼稀奇的事情。

我曾聽布蘭塔克先生說過，即使非常罕見，但還是有魔法師因為這樣死在魔物手裡。

「厄尼斯特，我們過去吧。」

「要去支援那些小姑娘嗎？」

「嗯，沒錯。」

我變成小孩子後就只是個初級魔法師，厄尼斯特則是無法用魔法對龍魔像造成傷害，如果艾格妮絲她們輸給龍魔像，那我們就死定了。

所以這時候當然得幫忙。

「貝緹，打擾一下。」

「老師？」

我和厄尼斯特瞄準貝緹沒有使用「魔法障壁」的空檔，從後面向她搭話。

「厄尼斯特會代替妳適時展開『魔法障壁』，妳趁現在拿出魔晶石補充魔力吧。」

「我知道了。對不起，我很怕只要一將視線移向魔法袋，就會來不及展開『魔法障壁』……」

如果只有自己有危險就算了，但這也關係到艾格妮絲和辛蒂的性命。

所以缺乏戰鬥經驗的貝緹會感到焦急也很正常。

「這種事情只能慢慢學習，之後自然就會有餘裕，現在只要作自己能力所及的事情就好，老師就是為此存在。」

「老師，謝謝你。」

「雖然實際張開『魔法障壁』的人是吾輩，鮑麥斯特伯爵現在的『魔法障壁』……不太行呢。」

「吵死了，我知道啦。」

這個魔族真的很不會看氣氛。

這種時候就乖乖閉上嘴展開「魔法障壁」啦！

「又沒打中！」

「啊——嗯，根本就打不中……」

即使魔力量足以戰鬥，另外兩人面對不習慣的實戰還是沒什麼餘裕。

這樣下去，她們的魔力會逐漸被消耗殆盡導致落敗。

「厄尼斯特，再往前一點。」

「你真愛亂使喚人。」

「如果你想死的話，我是無所謂。」

如果魔族不會死，大可繼續留在這裡。

「吾輩知道啦，只是開玩笑而已。」

貝緹的魔力已經恢復，不需要擔心。

接下來輪到讓在前方戰鬥的艾格妮絲和辛蒂冷靜下來，補充魔力。

現在還是先重整態勢比較有勝算。

「艾格妮絲，辛蒂，妳們還好吧？」

「嗯。」

「沒問題。」

「趁現在恢復魔力，深呼吸冷靜一下。」

我讓厄尼斯特幫忙防禦龍魔像的攻擊，勸告兩人先冷靜下來。

這種時候愈是焦急就愈沒有勝算。

「老師，補充好魔力了。」

「老師，我也讓魔力恢復了。」

看來艾格妮絲和辛蒂都放鬆下來了。

「相對地，吾輩現在可辛苦了！」

「你這個盾牌給我忍耐一下！」

難得擁有比我還強的魔力。

既然厄尼斯特無法攻擊，就只能讓他貫徹盾牌的功用，好讓大家都能活下來。

「艾格妮絲，辛蒂，妳們有找到那座龍魔像的弱點嗎？」

「它有弱點嗎？」

「實戰就是要邊戰鬥邊尋找敵人的弱點。」

實際上究竟是不是弱點，還是得試試看才知道。

不過，在戰鬥的同時持續思考，並適時地靈活切換戰術也很重要，我希望艾格妮絲她們能察覺這點。

「對不起。明明老師特地幫我們削弱了龍魔像的視力……」

是在說剛才的「閃光」嗎？

艾格妮絲之所以向我道歉，是因為隨著時間經過，現在即使從左側發動攻擊，魔法也變得不容易命中了。

但我早已預料到這點。

「這也無可奈何。戰況已經產生變化，對方也準備好對策了。」

身為人造物的龍魔像，無法靠治癒魔法或魔法藥恢復。

剛才的「閃光」削弱了它左側的視力，現在也還沒恢復。

但龍魔像頭上有那隻老鼠在。

雖然人造物彼此之間應該不會交談，但它大概是用某種我們無法察覺的方法，替龍魔像應付來自左側死角的攻擊吧。

「對方也有自保的功能。所以為了避免被破壞，立刻就擬定了對策。」

畢竟是古代魔法文明時代的遺產。

能持續運作到現在果然不簡單。

「艾格妮絲，辛蒂，妳們找到弱點了嗎？」

「呃……」

雖然第一次與龍魔像戰鬥就能有這樣的表現已經算很好了，但我還是希望她們能察覺那個龍魔像的弱點。

儘管龍魔像透過與老鼠連線彌補受損的視力，但這並不表示弱點會因此消失。

與老鼠共享情報確實能暫時消除弱點，但龍魔像的眼睛並未因此恢復，老鼠也不是完全沒受到「閃光」的影響。

「艾格妮絲，那個龍魔像確實有弱點。妳看得出來嗎？」

「咦？弱點嗎？」

「只要稍微動腦，就算是小孩子也能看得出來。妳只是因為第一次實戰陷入動搖才沒有發現。冷靜下來思考吧。」

「好的……」

艾格妮絲思考了一會兒後，總算察覺龍魔像的弱點。

「老師！我找到它的弱點了！我要出招了！大家把眼睛閉上！」

艾格妮絲指示大家把眼睛閉上，然後模仿我將「閃光」的光球投到龍魔像的右眼附近……但這只是假動作，最後光球是在老鼠面前炸裂。

我依然閉著眼睛，所以是透過魔力的動靜察覺這點。

「啾──！」

人造老鼠的叫聲一直讓人覺得是在瞧不起人，但這次終於發出類似慘叫的聲音。

它不是生物，所以不會感到刺眼，這大概是用來表示視覺機能出問題的警報。

「啾──！」

「啊！站住！」

「不，這樣就好。」

或許是老鼠的命令，龍魔像退回一開始的臺座，想要補充魔力。

我對想阻止它的艾格妮絲說道：

「妳們剛才太執著於對龍魔像本體造成傷害了。辛蒂也知道該怎麼做吧？」

「嗯！換我上了——！」

看來她明白我的意思。

辛蒂用速度和精準度都更甚之前的石塊攻擊，破壞了臺座上類似扣環的部分。

沒錯，只要破壞那裡，龍魔像即使著地也無法補充魔力。

既然無法一擊打倒龍魔像，那比起龍魔像本身，還是先破壞臺座防止它補充魔力，會比較容易取勝。

「老師，成功了。」

「還不可以大意。」

我們不僅削弱了龍魔像和老鼠的視力，阻止它們補充魔力，還不給它們修復自己的空檔。

雖然這樣確實將它們逼上絕境，但龍魔像尚未失去戰鬥能力，所以不能鬆懈。

面對這個情況，那個龍魔像應該會按照我所預料的行動。

「大家集合起來，以防禦為優先。」

我指示大家集合後，被逼上絕境的龍魔像就開始不顧後果地對我們發動強烈的攻勢。

它想在停止活動前擊敗我們。

我們是這座地下遺跡的入侵者，只要在這裡殺了我們，就結果而言也能防止地下遺跡被入侵。

「好強的威力。」
龍魔像強烈的連續攻擊，讓厄尼斯特露出十分厭煩的表情。
「老師，我們不用幫忙嗎？」
「嗯，先做好隨時都能一齊攻擊的準備吧。」
反正除了「魔法障壁」以外，厄尼斯特在這座地下遺跡也派不上什麼用場。
所以還是讓他負責防禦龍魔像最後的連續攻擊比較有效率。
「真愛亂使喚人。」
「這裡是地下遺跡吧？給我鼓起幹勁。」
「真沒辦法。」
抱怨歸抱怨，厄尼斯特其實非常冷靜。
他持續展開威力剛好的「魔法障壁」，甚至還有餘裕向我抱怨。
沒說「真愛亂使喚魔族」，是為了避免真實身分曝光。
大概是不希望因此失去在鮑麥斯特伯爵領地發掘地下遺跡的權利吧。
「不過，厄尼斯特先生的魔力真的好強。我本來以為已經掌握大部分上級魔法師的資訊，但今天才知道還有像他這樣的人。」
「嗯、嗯……因為他是鮑麥斯特伯爵家的祕密武器。」
艾格妮絲的課業成績非常優秀，早就掌握了所有知名上級魔法師的姓名。

她似乎對厄尼斯特的事情感到很驚訝，因此我連忙找了個藉口搪塞過去。

即使是我的學生，也不能讓艾格妮絲她們知道魔族的存在。

所以我才特地要厄尼斯特變裝。

「鮑麥斯特伯爵，你這段話講得真沒自信。」

「你才沒資格說這種話！」

「老師！」

貝緹突然大喊。

看來龍魔像差不多快到極限了。

因為臺座被破壞後就無法補充魔力，它的魔力就快用盡了。

它剛才明明還持續發動激烈攻勢，現在卻只能觀望我們的狀況。

「要給它最後一擊了，別忘記我們的首要目標。」

「「「好的！」」」

已經耗盡大半魔力的龍魔像，似乎完全進入節能模式。

它停止攻擊，坐在臺座前方。

明明這樣也於事無補，大概是內建的人工人格想盡可能存活久一點，才會下達這樣的命令。

站在我們的立場，繼續拖下去也沒有意義，只要收拾掉那隻老鼠，一切就結束了。

這才是最重要的目標，不如說如果讓體型小的老鼠逃跑會非常不妙。

「畢竟如果不破壞那隻老鼠，我就無法變回大人。」
即使放著龍魔像不管，它也會自己停止活動。
比起這個，還是別讓它頭上的老鼠逃跑比較重要。
「辛蒂！貝緹！要上囉！」
「好的！」
「交給我吧！」
在艾格妮絲的指示下，她們展開最後一波攻勢。
「看招！」
艾格妮絲率先做出巨大的「風刃」……不對，那是她自己針對「風刃」改良的魔法。
由於魔力即將耗盡，即使有風在頭上聚集，龍魔像也沒有逃跑。
體型嬌小的老鼠也沒有逃離龍魔像，看起來像是在緊緊抓住龍魔像的頭。
大概光是風壓就讓它難以動彈了。
「老鼠！別想逃跑！」
辛蒂接著用壓縮過的「火炎箭」狙擊老鼠。
動彈不得的老鼠無法閃躲，就這樣被「火炎箭」貫穿，表面的毛皮也跟著燒了起來。
老鼠的內部構造也遭到貫穿的「火炎箭」破壞，這樣應該就足以讓它停止活動了。
「最後一擊！」

最後，在貝緹用壓縮過的大型「火炎箭」貫穿龍魔像後，艾格妮絲她們總算成功破壞了老鼠和龍魔像。

「艾格妮絲、辛蒂，成功了嗎？」

「已經確認它們都停止活動了。」

「貝緹，我們成功了。」

總算打倒強敵後，三人開心地抱在一起，但現在高興還太早了。

她們還是缺乏經驗的新人，所以才會掉以輕心。

「還沒結束！妳們三個快全力展開『魔法障壁』！」

「咦？可是那個魔像已經……」

「動作快！這是命令！」

「「「是！」」」

在我的嚴厲命令下，三人急忙展開強力的「魔法障壁」。

與此同時，龍魔像發動自爆引發大爆炸，讓碎片在洞窟內四散。

爆炸的力道讓碎片變得像散彈一樣，在命中「魔法障壁」時接連發出激烈的聲響。

如果被直接擊中一定會受重傷，在最壞的情況下可能還會死。

「沒想到居然會自爆……」

艾格妮絲似乎很不甘心沒能看穿這招。

她甚至忘了打敗龍魔像的喜悅，用力咬緊嘴唇。

「老師怎麼會知道？」

「雖然只有微量，但殘骸內還有魔力在蠢蠢欲動。老鼠看起來也有偷偷在動。」

儘管可能只是單純還有魔力殘留，但我感覺到那股魔力在流動，而且那座龍魔像本來就是做來守護這座地下遺跡。

所以可能會試圖在被破壞到停止活動前，給獲勝後大意的入侵者最後一擊。

即使未能成功取人性命，只要能讓入侵者受傷就不吃虧。

再加上還有老鼠這個能對它下命令的裝置。

實際上，讓三人立刻展開「魔法障壁」是正確的判斷。

「不愧是老師，我太大意了……」

「要反省。」

「地下遺跡的魔像真可怕……」

話雖如此，其實之前從王國的地下遺跡出土的魔像，都沒有自爆機能。

我之所以會發現，是因為帝國內亂時大量使用了會自爆的魔像。

那段經驗讓我在這方面變得更加謹慎。

「即使如此，除了沒察覺最後的自爆攻擊以外，妳們都表現得很不錯。」

艾格妮絲她們還未成年。

對學生太過嚴厲也不太好，既然第一次就能有這樣的表現，之後只要再開個檢討會就夠了。

「喔喔！好不容易找到的出土品，居然自爆了！這樣就無法蒐集資料了！」

「你擔心的是這個啊……」

姑且在防禦方面有派上用場的厄尼斯特，一確認龍魔像已經完全損壞就慌張地跑向殘骸。

他的職業病發作，現在只顧著對貴重的歷史資料損壞感到悲傷。

「遺憾，真是太遺憾了。」

「你只能忍耐了。」

確認真的安全後，我急忙尋找被龍魔像的自爆炸飛的老鼠。

雖然我很快就找到了，但自爆的能量讓老鼠猛烈撞上天花板，就這樣一命嗚呼了。

講一命嗚呼好像也有點奇怪……

它外側的毛皮被燒毀，變成一堆破銅爛鐵。

然而——

即使如此，我的外表仍是小孩，沒有恢復原狀。

「身體沒有變化，這到底是怎麼回事？」

我如此質問厄尼斯特。

「關於這件事，可能還要再過兩、三天才會恢復。」

「為什麼啊！」

明明施法的老鼠已經被破壞，照理說我應該會變回來吧。

「那個老鼠對鮑麥斯特伯爵施展的是在一定期間內變成小孩子的魔法。如果老鼠活著，就能在這座地下遺跡的某處持續補充魔力，讓鮑麥斯特伯爵半永久地維持孩童的姿態。」

那隻老鼠應該能利用嬌小的身體在地下遺跡中自由移動，順便補充魔力吧。

之所以待在龍魔像頭上，除了是要對龍魔像下達命令以外，另一個目的就是利用臺座替自己補充魔力，讓把我變成小孩的魔法持續生效吧。

「只要破壞老鼠，魔力的供應就會中斷，這樣鮑麥斯特伯爵就不會永遠維持孩童的姿態。儘管魔法終將失效，但那也是幾天後的事情了。」

「原來如此。」

至少要再維持這副模樣兩、三天啊……

「老師暫時不會變回來嗎？」

「真令人困擾。」

如果就這樣回到家裡，不曉得艾莉絲她們會怎麼想？

明明孩子就快出生了，父親卻是這副德性。

「但老師即使外表變成小孩，還是幫助了我們。」

這是多虧了長年培養的經驗。

我現在的魔力只有初級水準，以魔法師來說幾乎是最低等級。

當然，也無法使用威力強大的魔法。

所以才會使用能靠少量魔力削弱對手視力的「閃光」，用其他方法支援艾格妮絲她們。

「這就是老師平常所說的，要自己動腦筋實踐吧。」

「貝緹說的沒錯。」

視使用方法而定，即使魔力量相同也可能造成完全不同的結果。

並非漫不經心地使用魔力放出魔法，而是即使消耗的魔力量相同，戰鬥時也要持續思考有沒有更有效率的使用方法。

「即使魔力量一樣，使用魔法的方式也會改變結果。我一想起老師的魔法，就覺得好感動！」

「光靠我們絕對無法贏。老師果然很厲害！」

「真慶幸能當老師的弟子。」

艾格妮絲她們現在的實力，大概是中級偏上的程度。

只要下點工夫，就有機會與上級魔法師一戰。

但前提是必須想方設法，多動點腦筋。

「雖然關鍵的老師現在是這副德性。」

「你又說這種多餘的話……」

厄尼斯特這傢伙，又開始揶揄我被魔法變成小孩的事情。

的確，人不可能總是時常警戒各種事情。

無論是誰，都有大意的時候。

「你也沒資格說別人吧！」

「吾輩是學者啊。」

這傢伙真的很愛頂嘴。

他絕對沒什麼朋友。

「話說，有件事必須向鮑麥斯特伯爵稟報。」

「稟報？什麼事情？」

「以防衛裝置來說，這隻老鼠的性能未免太好了。」

「聽你這麼一說……」

能夠使用將大人變成小孩的魔法，在地下遺跡各處補充魔力半永久地行動，最後還想操縱龍魔像收拾我們。

以那個嬌小的身軀來說，未免具備太多功能了……

「厄尼斯特先生，你的意思是？」

「在維持這座地下遺跡的系統當中，這隻老鼠是比吾輩之前想的還要高階的存在。」

如果發問者是艾格妮絲，厄尼斯特就會回答得比較坦率。

感覺有點男女不平等。

「之所以做成老鼠的樣子，是為了讓入侵者大意嗎？」

「沒錯。」

他果然也坦率回答貝緹的問題。

就只有跟我講話時，特別喜歡挖苦我。

「既然老鼠是相當高階的存在，隨著它被破壞，這座地下遺跡的系統應該會提升警戒等級，很可能會採取更強硬的手段排除我們這些入侵者。」

「正確答案。鮑麥斯特伯爵，你的弟子們都非常優秀呢。」

「多謝誇獎……」

厄尼斯特也鄭重地回答辛蒂的問題，他果然歧視男性。

還是因為他曾經當過大學教授，所以意外地很會照顧學生呢。

就在我這麼想時……

嗡————！

嗡————！

嗡————！

嗡————！

「這個嗡嗡聲是？」

「警報聲？」

「為什麼突然響了？」

洞窟內突然響起刺耳的警報聲。

我們連忙開始確認周圍的狀況。

「這到底是怎麼回事？」

「根據吾輩的推測，應該是老鼠停止活動後，讓地下遺跡確認有入侵者破壞老鼠，於是啟動了驅逐入侵者的攻擊系統。哎呀，這裡的系統比我預期的還先進，是古代魔法文明時代的貴重資料和樣本呢。」

「現在不是說這個的時候吧！」

光是聽見這個警報聲，就能明白我們陷入相當不妙的狀況。

看來我們還得跨越許多考驗。

第三話　拚死逃脫

「老師！你看那個！」

「原來還有啊！」

辛蒂指向龍魔像用來補充魔力的臺座後面的石牆。

那面石牆突然崩塌，一座巨大的龍魔像從牆的後面現身。

而且仔細一看，這座龍魔像的下半身還是靠履帶移動。

「是龍坦克！」

「鮑麥斯特伯爵，確實就是那樣呢。」

沒想到古代魔法文明時代居然有戰車。

雖然裝備了履帶的車體上方不是砲塔，而是龍的上半身。

看來這輛戰車不是用戰車砲，而是讓龍發射吐息。

「（感覺○人力霸王裡好像也有類似的怪獸……要逃了！）」

我迅速看了一眼後方，確認那裡有道通往上面樓層的樓梯。

看來龍坦克現身的石牆對面沒有樓梯或通道，還是別輕率與它戰鬥，直接往後逃跑比較省力。

「老師，不打倒它嗎？」

「沒這個必要！」

我簡短回答貝緹的問題。

「我們突然被轉移到這個洞窟，在和老鼠與龍魔像戰鬥時消耗了不少體力。因為不曉得正確位置，所以無法利用『瞬間移動』逃跑，也不曉得何時才能逃離這裡。」

「順帶一提，吾等或許會沒時間休息。」

破壞老鼠這件事惹惱了這座地下遺跡，讓我們變成必須徹底驅逐的對象。

那輛龍坦克應該只是個開始吧。

「快從後面那道樓梯往上逃！」

從構造上來看，那輛龍坦克應該無法上樓梯。

因為沒必要擊敗它，還是逃跑保留體力和魔力，比較有機會存活下來。

「結果我還是暫時無法恢復，因為不曉得過多久才能回到地上，所以要迴避不必要的戰鬥。」

「「「了解！」」」

「厄尼斯特，要逃囉。快點揹我。」

「咦？為什麼？」

你還沒發現嗎？

虧你還是個學者……

「因為我現在是這個樣子！」

即使全力奔跑，也不可能甩得掉龍坦克。

既然不能讓艾格妮絲她們揹我，那就只剩下厄尼斯特了。

「吾輩是靠頭腦工作。」

「你也可以丟下我逃跑，但我可不管之後會變怎樣。」

身為魔族的厄尼斯特之所以能悠閒地在鮑麥斯特伯爵領地內當個考古學者，是因為有我的庇護和王國的默認。

若厄尼斯特丟下我逃跑，王國絕對不會放過他。應該會為了王國的利益，將他利用到死吧。

「如果你不在乎就算了。」

「明明外表是這副德性，講話還挺像大貴族的。真沒辦法。」

於是厄尼斯特揹起我，跑向位於後方的樓梯。

雖說是學者，但他透過實地考察鍛鍊出來的腳步十分穩健。

「鮑麥斯特伯爵，你應該也知道……」

「要來了！」

龍坦克追著逃跑的我們，發射吐息。

我一下達指示，厄尼斯特就在後方張開「魔法障壁」防禦吐息。

厄尼斯特是在提醒我指示他張開「魔法障壁」的時機。

他揹著我，沒有餘裕確認後方，但如果連不必要的時候都張著「魔法障壁」，無論厄尼斯特的魔力量再怎麼多，都遲早會消耗殆盡。

「老師！你們沒事吧？」

「沒事，快全速爬上樓梯！」

「「「是！」」」

總之，必須盡快逃離這個討人厭的地下遺跡。

既然不曉得這裡是地下幾樓，也不曉得樓上還有什麼機關和陷阱，就應該避免不必要的消耗。

「看那傢伙下半身的構造，應該不方便上樓。只要甩掉它……」

「老師！它上樓了！」

沒想到龍坦克居然真的像辛蒂說的那樣，開始緩緩上樓了。

「嘖！居然會爬樓梯！」

「老師，果然只能破壞它了！」

「等等！別浪費魔力！」

還不曉得接下來會遇到什麼狀況，雖然有補充魔力的手段，但之後或許還得持續應付這座地下遺跡的陷阱和機關。

即使魔力恢復，若一直維持疲勞狀態也無法好好施展魔法，在最壞的情況下甚至連行動都會變得困難。

「其實我們現在的狀況非常不妙，所以別浪費魔力與體力。」

「我知道了，可是老師……」

「我有其他方法！」

我跳下厄尼斯特的背，從魔法袋裡取出幾張床單鋪在樓梯上。

「鮑麥斯特伯爵？」

「還沒完呢。」

接著，我讓床單吸收大量料理用的植物油。

雖然是還沒用過的新床單，但現在不是覺得可惜的時候。

「也只有鮑麥斯特伯爵會在這個狀況想這種事情。」

「你真的是很多嘴！這樣就行了。」

我爬完樓梯後，回頭確認狀況，作戰非常成功，龍坦克的履帶在吸了大量植物油的床單上打滑，無法順利上樓。

「原來還有這種方法，老師好厲害！」

「是怎麼想到的啊？」

「老師好厲害——！」

這世界大部分的人都沒看過用履帶移動的坦克，所以也難怪艾格妮絲她們會對我即時的對應讚嘆不已。

其實這是我前世從漫畫上學到的知識，但只要沒被發現就好。

這樣我就能維持老師的威嚴。

「鮑麥斯特伯爵意外地機靈呢。吾輩本來還想針對龍坦克的構造提出一些建議。」

「那真是不好意思，有機會再麻煩你吧。」

厄尼斯特這傢伙真厲害，居然第一次看見就察覺龍坦克的弱點。

「老師，接下來怎麼辦？要點火嗎？」

「不，就這樣放著不管吧！」

艾格妮絲認為保險起見，應該引燃床單破壞龍坦克，但我因為幾個理由拒絕了。

「首先，我們還不曉得這座地下遺跡的出口在哪裡，應該避免消耗魔力。再來就是如果點火，龍坦克可能會再次上樓。」

龍坦克裡沒有坐人，即使燒起來也不見得會停止機能。

既然它現在因為油太滑而上不來，那還是繼續維持這個狀態比較安全。

而且要引燃常溫的植物油，需要的溫度其實意外地高。

「老師！前面！」

「看來沒空理會後面的龍坦克了。」

從樓梯最上面，也就是通往另一層樓的入口接連湧出許多身影。

仔細一看，一群全長約五十公分的小型金屬龍魔像，正用小小的翅膀飛向這裡。數量……大概是十隻左右。

「接下來這層樓是這些小龍魔像的巢穴啊。看來是沒辦法休息了。」

「是啊……」

不出所料，這座地下遺跡完全不打算給我們時間恢復體力和魔力。

「艾格妮絲，妳明白了吧。現在還看不見終點，也沒什麼機會休息，所以節約魔力非常重要。」

「是的。那麼，該怎麼辦才好呢？」

「看來是不得不破壞這些小型龍魔像了。動手時要盡量節約魔力喔。」

「「「了解。」」」

或許是教育的成果。

艾格妮絲她們用壓縮過的「風刃」接連破壞浮在前方的小型龍魔像後，我們總算成功突破這一層樓。

雖然……不曉得還剩下幾層樓。

「這次是迷宮啊……」

「看起來是設計成不讓入侵者逃跑。」

一走上樓，我們就發現那裡是座巨大的迷宮。

以地下迷宮來說，這裡的天花板非常高，而且到處都有像艙門的東西。
那些艙門在我們靠近時開啟，從裡面飛出許多和剛才一樣的小型龍魔像。
「真是有夠煩瑣。」
儘管體型不大，仍是模仿龍製造出來的產物。
只要距離一縮短，小型龍魔像就會放出吐息。
那些吐息的威力意外地強，如果毫無對策就被擊中，人類一定會受重傷或嚴重燒傷。
貝緹和厄尼斯特適時展開「魔法障壁」，替我們防禦吐息。
「老師，艾格妮絲，辛蒂，盡可能靠近一點。」
「說得也是。」
雖然只要被擊中就會受重傷，但防禦起來也很容易。
因此我們必須一一展開「魔法障壁」，不斷破壞擋路的小型龍魔像才有辦法前進。
這層樓的設計會緩緩消耗我們的魔力和體力，實在非常討厭。
「老師，我們要怎麼走？」
「應付迷宮的訣竅，就是持續沿著左側牆壁前進！」
這座地下遺跡當然沒有簡單到只是爬一層樓就能離開，我們也沒有關於這層迷宮的詳細情報。
這時候最有效率的方法就是回歸基本，亦即持續沿著迷宮左側前進的左手法。
雖然冒險者公會也有教過這方面的知識，但艾格妮絲她們一慌就忘記了。

我們以前也是如此，但這是新手必經的過程。

「可惡！看招！看招！」

「老師！怎麼打都打不完，真的好煩！」

「艾格妮絲！貝緹！不用把全部的龍魔像都擊墜！」

這層樓的天花板到處都設有艙門，並從裡面不斷湧出小型龍魔像。

艾格妮絲和辛蒂想用魔法打倒所有的小型龍魔像，但我阻止了她們。

即使較弱的小型龍魔像，也需要消耗大量魔力才能全數破壞。

「用『魔法障壁』防禦吐息，沿著左側牆壁跑吧！大家盡量聚在一起，節約用在『魔法障壁』上的魔力！」

「老師，可以用魔晶石補充魔力吧。」

「不，沒辦法這麼頻繁地補充。」

我駁回了辛蒂的意見。

之前那座龍坦克還想上樓追我們，因此這層樓的小型龍魔像可能也會繼續追擊。

換句話說，在逃離這座地下遺跡之前，我們都沒辦法好好休息。

「即使能補充魔力，也無法連體力和精神疲勞都一併恢復。雖然只要找地方休息就好，但從至今的遭遇來看，應該沒什麼時間休息吧。」

即使想在樓層之間休息，樓下的魔像軍團還是會追上來。

雖然之前成功阻擋了龍坦克，但小型龍魔像不僅會飛，數量還非常龐大。

如果悠閒地休息，應該會被大量小型龍魔像包圍吧。

「而且還有治癒魔法的問題。」

在我們當中，只有我會用治癒魔法，而且變成小孩後，我的魔力只剩下初級程度。

我現在只能治療輕傷，如果有人受重傷，這支隊伍不是全滅，就是得丟下傷患逃跑。

「那在老師恢復原狀前先躲起來呢？」

「這也很困難。」

貝緹的提議也被我駁回。

因為沒有人知道我何時能夠恢復原狀。

厄尼斯特的推測畢竟只是個大概，搞不好我接下來一個星期都會是這副模樣。

我實在不認為能找到讓我們躲藏那麼久又不會被魔像攻擊的地方。

「因此現在只能繼續往上逃了。即使遇到擋路的陷阱或魔像，也只能用最低限度的魔力突破。」

雖然能靠魔晶石補充魔力，但一天補充好幾次會造成嚴重的精神疲勞。

「不僅準備了強悍的戰鬥個體迎擊入侵者，用魔法將其變成孩童，還透過古代魔法文明時代常用的『逆向虐殺陷阱』將人送到最下層，不給敵人休息的機會逐步耗盡他們的體力。看來這座地下遺跡應該是古代魔法文明時代的軍事設施。」

原來如此。

我在剛看見龍坦克時，也曾納悶為什麼它的下半身是履帶，大概是如果設計成用四隻腳移動，可能會承受不了自己的重量吧。

雖然只要放在臺座上當成砲台使用就不用擔心這種事，但不會動的龍坦克根本沒有意義。

龍坦克的履帶是用來減少維修負擔，小型龍魔像則是設計成靠數量壓制敵人的量產型。

厄尼斯特發現這些魔像的性質偏向軍事用途。

「因此吾輩也贊成鮑麥斯特伯爵的方針，只要打倒最低限度數量的敵人就夠了。」

既然不知道這座地下遺跡內有多少魔像，那前進時就必須盡量減少消耗。

「而且還有個體面的累贅。」

「真是抱歉啊！」

我本來以為將入侵者變成小孩是為了降低魔力量，但沒想到還有另一個目的。

我變成小孩後不僅缺乏體力，走路也很慢。

雖然我們本來預定盡可能不要打倒小型龍魔像，直接用跑的穿過這個樓層，但坦白講我是最大的累贅。

在探索地下遺跡時，小孩子是非常沉重的負擔。

「老師是為了救我才變成這樣，所以讓我來揹……」

「這可不行。」

辛蒂是我們當中年紀最小的一個，即使我變成了小孩，讓她揹著我跑還是太困難了。

而且她還必須視狀況施展魔法，這樣負擔實在太大了。

「厄尼斯特就是為了這種時候存在。」

我再次叫厄尼斯特揹我。

這傢伙經常在野外進行發掘作業，所以下半身很有力，體力也不錯。

「吾輩知道了啦。」

「等逃離這裡後，你就能盡情調查了。」

但如果我死掉，事情可就不妙了。

「發掘這麼廣大又有許多魔像的地下遺跡啊。實在太有魅力了。」

讓厄尼斯特揹我後，我們的移動速度就一口氣變快了。

我們沿著迷宮左側的牆壁前進，貝緹負責用「魔法障壁」防禦來自前方的小型龍魔像的吐息，艾格妮絲和辛蒂用攻擊魔法擊退擋路的個體或集團。

至於殿後的厄尼斯特，則是適時用「魔法障壁」防禦從後方追上來的大量小型龍魔像所吐出的吐息。

「鮑麥斯特伯爵，後面那些傢伙有點不太妙！」

之前擱置的敵人，和從天花板艙門出現的新敵人匯集成龐大的集團，一起追擊我們。

看來得盡快找到通往上面樓層的樓梯。

「老師！」

「雖然有點費時，但既然沒有這個迷宮的地圖，就只能沿著左側的牆壁前進了。」

如果因為想抄捷徑而不小心走了回頭路，那才是最糟糕的狀況。

到頭來還是「欲速則不達」。

「老師，是不是先用攻擊魔法一口氣掃蕩這些小型龍魔像比較好？」

「這就是建造這座地下遺跡的人所打的算盤吧。」

一口氣掃蕩許多敵人會耗費大量魔力，而且難保敵人不會再補充新的戰力。

話雖如此，前方和後方都快被眾多小型龍魔像包圍了。

該怎麼辦才好呢……

「各位，晚點配合我的指示蹲下！」

「老師？」

「艾格妮絲！妳的回答呢？」

「是！」

「其他人也一樣！」

「「「是（知道了）。」」」

明白就好。

幾秒鐘後，我命令大家當場蹲下。

「就是現在！蹲下！」

所有人按照我的指示蹲下後，前方的魔像集團一齊發出的吐息通過我們的頭頂，直接命中後方的魔像集團。

雖然這群小型龍魔像既能夠使用吐息又能夠量產，但防禦方面果然還是不太行。

後方的小型龍魔像集團在被同伴的吐息擊中後，並沒有熔解或損壞得非常誇張，但還是接連墜落。

看來它們沒有能夠率領眾多魔像，並有效率地發動攻擊的領導者。

如果有那種個體，應該無法維持這樣的尺寸和量產性。

「以上就是示範，現在先全力前進吧！」

「「「是！」」」

我們再次聚集起來，讓貝緹和厄尼斯特用「魔法障壁」防禦持續增加的小型龍魔像的吐息，繼續前進。

如果小型龍魔像的數量增加太多，就用我剛才傳授的方法讓它們自相殘殺確保通路，最後我們總算抵達通往向上第三層的樓梯。

「沒想到小孩子的身體居然會成為這麼沉重的負擔……我開始想睡了。」

「到小孩子的睡覺時間了呢。」

「因為身體真的是小孩子，所以也跟小孩子一樣容易累。」

「小孩子也需要睡午覺呢。」

「話雖如此，現在這種情況是要怎麼睡啊！」

我們突破第一層的龍坦克，以及第二層的小型龍魔像和迷宮後，爬上通往第三層的樓梯。

雖然我原本抱持著或許能在樓梯上休息的淡淡期待，但馬上就發現不可能，因為只要我們一停下腳步，這個地下迷宮的魔像就會追上來。

「不給人休息的機會，讓入侵者筋疲力竭後再靠數量圍剿，真像是陰險的軍人會想出來的陷阱與迷宮呢。」

厄尼斯特是跟軍人有什麼仇嗎？

無論在哪個世界，軍人都是必要之惡。就算有人說軍方的壞話也很正常。

「老師！從後面又來了好多！」

辛蒂向我報告後方的狀況。

和靠履帶移動的龍坦克不同，能夠飛行的小型龍魔像不斷增加，繼續追擊我們。

隨著時間經過，數量應該會愈來愈多吧。

「不用管它們！直接衝進第三層！」

「我覺得先發動一次攻擊，削弱對方的氣勢比較好。」

辛蒂看著從後面追上來的大批小型龍魔像如此說道。

追兵的數量確實有點多，不曉得能不能稍微減少一點？

但這時候讓辛蒂她們消耗魔力不太妥當。

這麼一來……

「厄尼斯特，只用一次應該還好吧？」

「吾輩不擅長攻擊魔法……」

「不對！是用這個。」

我從魔法袋裡拿出投擲用的長槍。

如果先施展「身體強化」再投擲出去，應該能夠破壞小型龍魔像。

「吾輩對控制方向沒什麼自信。」

「沒關係，你儘管丟出去就對了。」

「知道了。」

厄尼斯特不甘不願地用「身體強化」增強臂力，朝後方的小型龍魔像投出長槍。

雖然一看就知道不會中，但我立刻用魔法調整長槍的軌道。

厄尼斯特投出的長槍，就這樣破壞了許多小型龍魔像。

「居然命中了。」

「因為我有幫忙調整。」

這點程度的事情，現在的我也辦得到。

「老師好厲害。」

「居然只用一點點魔力就改變了槍的軌道。」
「不愧是老師，技術真是太熟練了。」
「呃，丟長槍的人是吾輩吧。」
「去下一層樓吧。」
我們無視厄尼斯特的發言，進入地下遺跡的第三層。

「老師，這是陷阱嗎？」
「這個要怎麼判斷？」
第三層是個有點不可思議的空間。
我們一進入這層樓，入口的門就消失了。
這裡看起來只是個寬敞的空間，不過當然也有陷阱。
儘管速度不快，但這個房間正在逐漸縮小。
四周的牆壁緩緩逼近，這樣下去我們會被牆壁壓扁。
「喔喔！房間入口突然消失將人關住，然後沒有接縫的牆壁開始移動將房間縮小！這是貴重的遺物呢！」
「現在不是佩服的時候吧！」
明明我們可能會被這個貴重的遺物壓扁！

所以我才受不了考古學者！

雖然入口突然消失和沒有接縫的牆壁順暢地從周圍往內縮，確實是有點不可思議。

「不用那麼擔心。這算是相對比較好應付的陷阱。」

「是這樣嗎？」

「這層樓的陷阱，是想讓入侵者陷入兩難。」

按照厄尼斯特的說法，只要使出有一定威力的魔法，就能破壞這層樓的牆壁。

「這種設計得很奇妙的陷阱，其實意外地脆弱。話雖如此，因為必須使出有一定威力的魔法才能破壞，所以能夠消耗吾等的魔力。」

原來如此，這個牆壁陷阱的目的並非壓扁入侵者，而是逼入侵者消耗魔力破壞牆壁啊。

換句話說，這層樓應該不是地下遺跡的終點。

基本上仍是採取慢慢削弱入侵者的方針。

「鮑麥斯特伯爵，你有發現另一個兩難嗎？」

「……要在何時逃出這裡嗎？」

「正確答案。」

「老師，這是什麼意思？」

不只艾格妮絲，其他兩人也是一臉困惑。

「的確，這個房間的牆壁正在逐漸逼近，這樣下去我們也確實會被牆壁壓扁，但那還要再過一段時間。」

至少按照目前的速度，應該還要約一個小時。

厄尼斯特應該也這麼認為。

「一個小時嗎？」

「沒錯。貝緹，我問妳一個問題，現在應該先休息一個小時再用魔法破壞這裡前進，還是立刻破壞這裡前進呢？」

「先休息一個小時嗎……」

我們至今一直被魔像追趕，都沒有時間休息。

現在卻有貴重的一個小時能夠休息。

但休息當然也有壞處。

並非有哪個選項比較正確或有利。

「不管選擇哪種作法，都各有優缺點。」

「先自己思考看看，再選擇其中一邊吧。」

冒險者偶爾必須面臨這種抉擇。

麻煩的是，並非每次都有明顯較為正確的選項。

有時在衡量得失後，會發現不管選哪一邊都差不多。

然而，如果在做出選擇後犯下致命性的失誤，就會被認為是做了愚蠢的選擇。

「即使如此，妳們還是必須做出選擇。雖然也可以交給我決定，但不能每次都讓我做選擇。何況我現在只是個扯後腿的小孩。」

「老師才沒有扯後腿！」

「辛蒂，雖然我多少能給妳們一些建議，但目前只能待在厄尼斯特背上。妳們必須認清我現在是個累贅，並在這樣的前提下，思考該如何利用我。啊，如果不快點做決定，就自然會變成選擇休息一個小時，這樣沒關係嗎？」

我要求她們快點做出選擇。

這是因為如果認真檢討該選哪一邊，只會浪費太多時間迷惘，最後終究只能選擇其中一邊，而且即使是相同的選項，也很可能造成完全不同的結果。

「現在立刻用魔法破壞這裡前往下個樓層的好處……是能夠減少被第二層的小型龍魔像追擊的危險。貝緹，妳覺得有什麼壞處？」

艾格妮絲詢問貝緹現在立刻逃離這裡的壞處。

「因為終究還是得用魔法破壞這裡，所以不管選哪一邊都要消耗大量魔力。我們至今都沒休息過，壞處應該是會累積精神方面的疲勞。畢竟即使能用魔晶石補充魔力，也無法消除疲勞。」

「既然無法保證之後能有機會休息，我覺得在這裡休息一個小時比較有利。這樣能夠舒緩精神上的疲勞，也能稍微恢復魔力。」

「辛蒂，如果休息一個小時，第二層的小型龍魔像就會聚集過來。若數量多到一個程度，就必須用魔法破壞它們，這樣或許反而會消耗更多魔力和體力。」

艾格妮絲反駁了辛蒂的意見。

這樣就行了。

只要她們能互相陳述意見，一起導出結論就沒有問題。

「從這個房間的構造來看，第二層的小型龍魔像應該無法接近我們。」

「辛蒂，還是先做最壞的打算比較好。等我們用魔法破壞牆壁逃離這裡後，或許讓入口消失將我們困在這裡的裝置也會跟著停止。這麼一來，原本聚集在連接第二層與第三層樓梯的大量小型龍魔像，或許會一口氣湧進來。」

如果事情變成那樣，當然就得應付那些小型龍魔像，並失去休息的意義，貝緹基於這個理由駁回辛蒂的意見。

「但我們這邊還有老師在。老師現在的體力跟小孩子一樣。」

「老師的體力問題啊……」

辛蒂一提起如果不稍微休息一下，我的體力可能會撐不住，貝緹就開始陷入沉思。

我還是稍微插句話好了。

「不用考慮我的狀況。」

因為最慘就是讓厄尼斯特揹我。

「不，果然還是讓老師休息一下比較好。」

「……辛蒂，妳的根據是什麼？」

艾格妮絲沉默了一會兒後，詢問辛蒂選擇休息的理由。

「因為無論是阻止那個奇怪的龍坦克上樓，還是讓小型龍魔像自相殘殺，都是依靠老師的計謀。雖然老師只剩下和小孩子一樣的體力，但這並不影響他的經驗和思考能力，只要讓他好好休息，就能成為一張王牌。」

我現在實在沒什麼體力。

如果不休息一下，或許會不知不覺睡著。這麼一來，在遇到突發狀況時就無法仰賴我的判斷。

所以辛蒂才想減輕我的精神疲勞。

「如果想逃離這個困境，老師的建議將是非常有效的王牌。」

「辛蒂說的沒錯，那就選擇休息吧。老師，這樣可以嗎？」

艾格妮絲她們選擇先休息一個小時再前進，然後徵求我的許可。

「我會遵從妳們的意見。」

「「「老師……」」」

就像我一開始說的那樣，其實現在根本就無法得知哪個判斷才是正確的。

「哎呀，總算能休息了。」

厄尼斯特還是一樣不會看氣氛，揹著我直接坐下。

「喂，先放我下來啦。」

「吾輩都忘了呢。」

這傢伙，是因為被迫一直揹我，才趁機報復嗎？

唉，算了……

我離開厄尼斯特的背，直接席地而坐。

小孩子的身體果然很容易累。

光是坐著，就讓人覺得疲勞逐漸消除。

今天突然遇到這種事的艾格妮絲她們，應該也一樣吧。

「先補充水分吧，但最好不要吃東西。」

消化會耗費體力，所以最好避免攝取固體食物。

我從魔法袋裡拿出水壺來喝。

裡面裝的是用魔之森產的水果做成的果汁。

「厄尼斯特要喝嗎？」

「當然要。現在攝取固體食物會妨礙行動，所以喝東西就好。」

厄尼斯特從我這裡收下水壺後，就一口氣把果汁喝光。

其實現在喝加了少量砂糖與鹽巴的常溫水會比較好，但太死板會影響士氣，所以這樣就好。

艾格妮絲她們也從魔法袋裡拿出自己的水壺喝。

「鮑麥斯特伯爵，你還是先小睡一下吧。」

「說得也是。」

小孩子的身體真的很容易累。

雖然我記得以前住在鮑麥斯特騎士領地時，應該要再更有體力一點。

「能夠自由移動的荒山，和這裡應該完全不能比吧。」

「這麼說也對。」

這個找不到出口，又必須接連面對新敵人的狀況，對小孩子的身體造成許多負擔。

「即使只睡十分鐘，還是會有差……」

我現在變成了小孩子，所以最重要的就是不能扯艾格妮絲她們的後腿。

還是稍微休息一下好了。

「老師，請躺這裡吧。」

此時，艾格妮絲伸出大腿。

是要我躺在她腿上睡的意思嗎？

「呃，不用了啦……」

「老師，既然要睡，就不該讓小孩子睡在石頭地板上。不需要跟我客氣。不如說我很樂意……」

「咦？妳剛才說什麼？」

「沒什麼啦！請躺吧。」

「既然妳都這麼說了……」

這是緊急措施，不算花心……而且我們只是單純的師生關係，我像這樣在心裡找藉口，準備躺到艾格妮絲腿上。

此時，辛蒂也伸出大腿對我說道：

「老師，艾格妮絲剛才指揮我們應該也累了，還是讓我代替她吧。」

「咦？我一點都不累……」

「艾格妮絲接下來也會很辛苦，必須好好把握休息的機會。妳現在只是繃緊神經才不覺得累，還是多休息一下吧。」

艾格妮絲本來想說自己不累，但辛蒂講的話非常有道理。

目前身先士卒引導這支隊伍的人，確實是艾格妮絲。

她實質上算是我們的隊長，所以現在應該讓她休息比較好。

根本不是讓我躺大腿的時候。

「呃，那我就躺辛蒂腿上……」

「咦——！」

「艾格妮絲，有必要叫這麼大聲嗎？」

我們現在最大的目標，就是逃離這座地下遺跡。

為了這個目的，應該採取最有效率的作法。

「所以我還是躺辛蒂的大腿好了。」

「老師，請躺我的大腿吧。」

「貝緹？」

然而，貝緹也伸出了她的大腿。

「辛蒂是我們當中年紀最小的，所以身心應該都已經非常疲憊。艾格妮絲有身為隊長的重責大任，所以請躺在我這雙靠狩獵鍛鍊過的大腿上吧。」

「這麼說也對……」

貝緹的意見也很有道理。

既然艾格妮絲她們也決定要小睡一下，現在應該要好好休息，盡可能讓體力和魔力恢復才行。

艾格妮絲背負著領導其他人的沉重負擔，辛蒂則是最為年幼。

這時候還是麻煩透過狩獵鍛鍊過的貝緹比較好。

絕對不是基於貝緹滑嫩的大腿躺起來很舒服，這種好色大叔才會有的想法。

總而言之，既然決定要休息，那就一秒都不能浪費。

下定決心後，我準備躺到貝緹的腿上，此時又有一個人參戰。

那就是厄尼斯特。

「鮑麥斯特伯爵，請等一下。」

「咦？我就算死也不想躺在你腿上喔。」

躺在大叔腿上睡覺也太悲慘了。

想也知道他的腿一定很硬，我寧願睡在旁邊的地板上。
「如果只是稍微小睡，那吾輩不建議躺下。」
「喔喔！原來如此！」
不愧是學者。
即使不是擅長的領域，講話也像是專家。
「吾輩曾經聽這個領域的專家說過，若只是暫時小睡，那趴在桌子或類似的東西上睡會比較好。吾輩平常也是這麼做。」
「既然你都這麼說了……」
從牆壁靠近的速度來看，應該能睡個三十分鐘吧。
如果牆壁在我躺下後加快速度，或許會來不及對應。
既然要小睡，就該選擇合理的方法。
前世吃完午飯後，我也會趴在桌上睡十到二十分鐘。
「厄尼斯特說的沒錯，我記得……」
我連同艾格妮絲她們的份，從魔法袋裡拿出小桌子。
雖然可能會有人好奇為什麼我連這種東西都有，但我的魔法袋容量很大，所以其實放了許多平常用不到的東西。
「艾格妮絲，妳們也用這個睡吧。好睏……」

小孩子的身體果然很容易累。

我一趴在桌上，睡意就以非比尋常的速度來襲。

總之先休息吧……

為了能讓大家逃離這個莫名其妙的地下遺跡。

＊　＊　＊

「看來他睡著了。小姑娘們也一起……」

「厄尼斯特先生！」

我忍不住大聲向厄尼斯特先生抗議。

「艾格妮絲，小聲一點。」

「老師在睡覺。至今的遭遇，對小孩子的身體果然太勉強了。」

貝緹和辛蒂提醒我講話太大聲，於是我連忙用手摀住嘴巴。

老師睡著了。

不可以吵醒他。

「但我能理解艾格妮絲的憤怒。」

「我也一樣。」

我們三人開始追究厄尼斯特先生。

雖然他說的話也有道理，但他不明白一件非常重要的事情。

那就是我們的「少女心」。

「難得能讓老師躺在我們腿上，厄尼斯特先生真是太過分了！」

我率先用勉強不會吵醒老師的聲音，向厄尼斯特先生抗議。

這本來是個能讓老師安心躺在我腿上休息，覺得「艾格妮絲的大腿好柔軟」，在逃離這裡後將我當成一位女性看待的大好機會。

「就是啊！太過分了！」

「雖然你是個大叔，但也太不了解女人心了！」

貝緹和辛蒂也跟著抗議，看來她們的想法和我一樣。

儘管她們兩個算是我的競爭對手，但還是忍不住向讓這場比賽作廢的厄尼斯特先生抱怨。

「現在不是在意這種事情的時候，重點應該是不能讓鮑麥斯特伯爵累倒吧。」

嗚嗚！

厄尼斯特先生說的話實在太有道理了。

雖然確實是這樣沒錯，但就算讓我把大腿借給老師躺也沒關係吧。

「我還打算等時間到後，溫柔地叫老師起床……」

貝緹居然察覺這麼令人羨慕的事情……

明明我應該也能想到，真是盲點。

平常只有老師的夫人和家裡的人能夠叫他起床，實在太令人羨慕了。

我居然如此大意。

就在我更加覺得「厄尼斯特先生不可原諒」時……貝緹和辛蒂不知何時已經移動到老師身旁。

該不會是想讓老師覺得她們是會在適當的時間溫柔叫人起床的體貼女性，藉此讓老師把她們當成未來的妻子人選吧……

這下不妙！

完全被她們搶先了！

「嗚嗚……」

這都要怪厄尼斯特徹底破壞了我一開始的作戰。

我一臉怨恨地看向他。

「嗯？小姑娘們也快點休息吧。吾輩還不怎麼累，可以幫大家監視牆壁，別客氣儘管睡吧。」

我才不是這個意思……但厄尼斯特先生說的沒錯。

我也跟著趴在小桌子上休息。

感覺好像坐在教室裡睡覺一樣。

＊　＊　＊

「鮑麥斯特伯爵，時間到了。」

「嗚──嗯，應該有恢復一點體力吧？」

「雖然只是不無小補，但有睡還是比沒睡好。鮑麥斯特伯爵大約睡了三十分鐘。」

「這樣啊……」

我一醒來，就發現房間的牆壁已經逼近不少。

看來沒有「牆壁的速度會突然提升，讓人感到焦急」的惡質機關。

因為已經稍微休息過，接下來就只剩用魔法破壞出口前往下一個樓層了。

「艾格妮絲、辛蒂、貝緹，時間到了。」

我叫醒果然也有跟著小睡一下，努力恢復體力和魔力的三人。

「呼……咦？老師先醒了。」

「是厄尼斯特叫醒我的。」

「這樣啊……」

「「……」」

是因為剛起床所以心情不好嗎？

三人都瞇起眼睛，用難以言喻的表情看向厄尼斯特。

「那麼，不曉得這次休息的結果是吉是凶。」

「這就留待之後再確定吧。妳們三個，要出發囉。」

「「「是！」」」

只要用有一定威力的攻擊魔法，就能輕易破壞這個牆壁會持續逼近的房間出口。

辛蒂在我的指示下，準確地用攻擊魔法破壞出口那扇厚重的大門，讓我們順利逃出這個樓層。

「下一個區域……是水嗎？」

「池塘，沼澤？」

「大水窪？」

接下來這個樓層幾乎都是水。

眼前是個巨大的人工池，「探測」顯示這個區域幾乎整體都被施加了某種魔法。

「嗯──真耐人尋味。」

厄尼斯特也發現這個幾乎都是水的區域十分奇妙。

「是水裡有什麼機關嗎？……艾格妮絲。」

「好的。」

艾格妮絲也用我教的「探測」調查這些水，但水本身並沒有被動什麼手腳。

真的只是普通的水，不會一喝就讓身體開始融解。

「鮑麥斯特伯爵，這水非常冰冷，所以可能是『趁敵軍渡河到一半時發動攻擊』的經典戰術。」

「原來如此。」

我也試著確認水溫，確實是冷到讓人發麻。

這座地下遺跡非常拘泥於用軍事手法驅逐入侵者。

水的深度高達艾格妮絲她們的腰際，足以淹到我這個小孩的胸口。

這些冰冷的水，是用來讓入侵者累積更多疲勞的陷阱。

「看來是用魔法讓水維持冰冷。」

「應該還有另一個魔法吧。」

這種讓人在冰冷的水裡前進累積疲勞的戰術，對魔法師不管用。

這是因為魔法師只要用「飛翔」就能避開水移動。

設陷阱的人也明白這點，所以這個水池樓層應該還設置了另一種魔法。

「辛蒂，妳試試看用『飛翔』浮在空中。」

「好的……咦？」

不管辛蒂怎麼嘗試，都無法發動「飛翔」魔法浮在空中。

看來我的預測是正確的。

「這表示我們必須浸在冰冷的水裡面，移動到出口。」

「真沒辦法，雖然很冷。」

「是像游泳那樣嗎？」

「狩獵時偶爾也要渡河。」

她們果然只有這點程度的認識……話說這座地下遺跡的設計者真的很陰險。

而且想法明顯偏向軍人。

設計者並未採用靠強力魔像打倒入侵者的主流方法，而是採取慢慢弱化入侵者，等到了上層再給予最後一擊的踏實手法。

「雖然棘手，但也無可奈何。」

「抱歉。」

「如果鮑麥斯特伯爵死了，吾輩就無法調查這座地下遺跡。而且在那之前，吾輩也會跟著一起死吧。」

說著說著，戹尼斯特彎下腰準備揹我。

這是因為如果我用現在的身體下水，在抵達出口前就會失去行動能力。

「不能只將自己周圍的水用魔法加溫嗎？」

「這樣在抵達出口前會耗費大量魔力。真是棘手的陷阱。」

幸好這層樓沒有配置魔像。

只要在冰冷的水裡前進就好。

儘管會消耗許多體力，但也只能等到出口後，再設法取暖了。
「呀啊！好冷喔！」
「好冷……不對，身體都麻了。」
「冷死了。」
「到出口前都得這樣啊……」
既然無法使用「飛翔」，就只能在水裡行走了。
揹我的厄尼斯特，以及腰部以下都在水裡的艾格妮絲她們，都因為冰冷的水皺起眉頭，走向這層樓的出口。
然後，在上一層樓選擇休息的壞處也跟著來襲。
大概是之前樓層的陷阱又重啟了。
原本待在兩層樓底下的大量小型龍魔像，追到了這個樓層。
「當初果然不應該休息……」
艾格妮絲開始後悔在上一層樓選擇休息。
「不，如果不休息直接前進，或許在水裡走到一半就筋疲力竭了。艾格妮絲的選擇沒有錯。」
「沒那麼誇張吧。再怎麼冷都只是普通的水。」
「雖然只是普通的冷水，不過一旦深及腰際，就會妨礙人走路，而且冷水比普通的水還要能剝奪體力。」

「意思是不管選哪一邊都是地獄嗎？」

這座地下遺跡的製作者，果然很有可能是軍人。

因為他非常清楚泡在深及腰際又冷到發麻的水裡走幾百公尺，會消耗多少體力。

「老師！後面！」

「來了嗎？」

上一層的牆壁陷阱解除後，就變得能夠自由移動。

所以兩層樓底下的小型龍魔像都追上來了。

它們開始從岸邊持續對我們發射吐息。

「厄尼斯特。」

「吾輩知道。」

大量吐息從後方逼近，儘管每一發的威力都不強。

但如果被打中，也不可能毫髮無傷。

絕對得用「魔法障壁」防禦。

水深僅到大腿，相對比較沒那麼累的厄尼斯特急忙開始張開「魔法障壁」防禦。

「真是陰險的陷阱。」

水的阻力讓我們只能緩緩移動。

即使吐息的威力不強，我們還是得長時間展開「魔法障壁」，結果就連魔力也跟著被消耗。

「艾格妮絲、辛蒂、貝緹！『魔法障壁』交給厄尼斯特就好！」
「可是……」
「沒關係！這是分工合作！」
不能讓會使用攻擊魔法的艾格妮絲她們在這裡被削弱。
儘管厄尼斯特擁有龐大魔力，但無法對魔像造成打擊，所以應該讓他專心防禦。
「它們都不下水呢。」
「跟我們的『飛翔』被封住一樣，那些魔像也無法浮在水面上。」
話雖如此，水的阻力比想像中還強，我們現在還走不到五十公尺。
因為下層的建築風格都像迷宮一樣有許多牆壁，所以我直到現在才發現，原來小型龍魔像的吐息射程可以延伸到這麼長。
它們大量聚集在岸邊，持續發射吐息。
雖然那些來自後方的攻擊都被厄尼斯特的「魔法障壁」擋了下來，但即使隔著「魔法障壁」，待在他背上的我還是得持續看著吐息在極近距離炸裂，對精神衛生實在不太好。
講是這樣講，如果讓小孩體型的我走在水裡，體力一定一下就會透支，變成無法動彈的累贅。
這個慢慢削弱入侵者的陷阱真的很討厭。
「鮑麥斯特伯爵，看來前方也得展開『魔法障壁』。」
「是啊……」

既然這座地下遺跡的製作者都準備這麼多討人厭的陷阱了，當然不可能在這時候放水。

我們逐漸看見連接出口的岸邊，但那裡果然也聚集了許多小型龍魔像，它們一發現我們就開始發射吐息。

「我就知道。」

「貝緹，拜託妳了。」

「知道了。」

結果我們只能讓貝緹和厄尼斯特分別在前後方展開「魔法障壁」前進。

「感覺就像是在搶灘。跟我以前看過的戰記故事很像呢。」

但現實和艾格妮絲說的戰記故事有個很大的差異，那就是後方也有魔像在攻擊我們。

而且通常搶灘的那一方需要較多戰力。

在我方人數較少時，不會對數量遙遙領先的敵人發動搶灘。

這麼做實在太有勇無謀，失敗的機率也很高。

「老師，可以再走快一點嗎？」

「辛蒂，不可以。雖然妳本來以為這只是水而已，但比想像中還要耗費體力吧？如果太過焦急，在上岸前就會先筋疲力竭。製作這個陷阱的傢伙相當狡猾。」

若入侵者因為前後都被吐息夾擊，而慌張地想要加快腳步，在最壞的情況下或許會失去過多體力直接倒下。

這個陷阱的製作者，以消耗入侵者的體力為第一優先。
「即使未能在這層解決入侵者，也還有更加危險的另一層。」
「說得也是。」
畢竟我們在這層樓消耗了大量的體力和魔力。
「只要最終能夠收拾掉入侵者就好。製作者是抱持著這樣的想法。」
一般的地下遺跡設置陷阱和機關的方式，是在每一層樓都準備王牌，但這裡的陷阱主要是用來剝奪我們的體力和魔力，讓我們累積精神上的疲勞。
這些陷阱的設計理念是只要最終能夠收拾掉敵人就好。
「所以才說是軍人的思考方式。」
「就像戰記故事裡出現的軍師那樣嗎？」
「從規模來看，這裡應該是古代魔法文明時代的軍事設施，所以設計者應該非常了解軍事，或是具備這方面知識的天才吧。」
我如此回答艾格妮絲的問題。
「所以別自亂陣腳，焦急只會著了對方的道。」
我們在前後都被吐息攻擊的情況下，維持相同的步調前進。
雖然能用「魔法障壁」防禦吐息，但厄尼斯特和貝緹消耗的魔力量也會因此增加。
「不管怎麼選都會有壞處！想出這座地下遺跡的人真的很壞心眼！」

「一定是個眼神非常陰險的人！」

「性格也太惡劣了！」

艾格妮絲她們說的沒錯。

如此惡質的古代魔法文明時代的地下遺跡……該不會又是伊修柏克伯爵吧？

這個可能性很高。

持續承受攻擊前進後，我們發現在出口所在的岸邊有幾十座小型龍魔像定期朝這裡發射吐息。

簡直就像是軍隊的砲兵。

「老師，後方的魔像停止攻擊了。」

是因為我們已經前進到超出吐息的射程嗎？

不對，這座地下遺跡的小型龍魔像行動起來就像軍隊一樣。

應該是擔心沒打中我們的吐息會誤傷前方的友軍吧。

「厄尼斯特，可以解除後方的『魔法障壁』了。」

「的確。黃色小姑娘接下來會很辛苦吧。」

厄尼斯特，你至少也記一下跟你同甘共苦到現在的貝緹的名字吧。

只因為是黃色頭髮，就叫人家「黃色小姑娘」……

所以我才討厭學者。

雖然只剩下前方會有吐息過來，但相對地，那些小型龍魔像開始提升發射吐息的頻率。

「可惡，它們的頭腦莫名地好！」

是打算對企圖搶灘的我們發動最後的猛攻嗎？

「老師，要攻擊它們嗎？」

「貝緹……妳有辦法做到這麼巧妙的事情嗎？」

只解除部分「魔法障壁」，從那裡用魔法攻擊，這是只有像布蘭塔克先生那樣的老手能夠辦到的技巧。

「確實是辦不到。」

「所以貝緹，就這樣衝到出口吧。」

只要持續展開有一定厚度的「魔法障壁」，就算不攻擊那些小型龍魔像也能抵達出口。

「與其胡亂攻擊它們，這樣消耗的魔力也比較少。」

幸好我們一靠近岸邊就發現這層樓的出口。那是一扇高約五公尺的巨大鐵門。

只要逃進門的另一側，應該就能擺脫那群正在發動最後猛攻，持續發射吐息的小型龍魔像。

「就這樣硬闖過去！」

順利登上出口所在的陸地後，我們一口氣衝向出口。

「咦？跑不動？」

「我的腳……」

「動不了……」

這也是理所當然。

因為她們剛才從腰部以下一直泡在冰冷的水裡。

「雖然腦袋能夠理解，但實際的體驗要更加嚴苛呢。」

即使是身材較為高大，泡到冷水的範圍較少的厄尼斯特，似乎也很受不了這個冷水地獄。

他的腳步果然也變慢了。

看來突破出口後，必須休息一下才行……

「只要打開出口的門就能休息了。」

「「「是！」」」

「吾輩現在只想休息。話說那扇門到底是用拉的還是用推的。」

機率是一半一半。

如果是用拉的，那扇高達五公尺的鐵門，應該會讓變成小孩的我、艾格妮絲這些女孩子，以及公認不擅長運動的厄尼斯特，變得更加痛苦吧。

用「魔法障壁」逼退持續發射吐息的小型龍魔像後，我們總算抵達出口的門前面。

「厄尼斯特，快點調查。」

「了解。」

我拜託厄尼斯特調查鐵門，這段期間就由貝緹在後方重新展開「魔法障壁」，應付那些小型龍魔像的吐息。

「怎麼樣？」
「是用推的。」
「咦？意外地溫柔呢？」
「這怎麼可能。」
除了負責展開「魔法障壁」的貝緹以外，其他四人一起用力推門，但那扇門實在太重，根本推不動。
「看來只能用魔法增強力量了，派不上用場的鮑麥斯特伯爵。」
「吵死了。」
沒錯，我現在只有小孩子的力氣和初級程度的魔力，完全派不上用場。
「無法使用攻擊魔法的厄尼斯特，用魔力將你的力氣提升到極限吧。」
「雖然說過很多次了，但吾輩是靠頭腦工作。」
「你想在靠頭腦工作的情況下死掉嗎？」
「快點推吧。」
「我也來幫忙。」
「我也……啊——嗯，早知道就多練習『身體強化』了。」
為了打開封住出口的鐵門，厄尼斯特、艾格妮絲和辛蒂三人用魔力強化力量，拚命推門。
然而三人原本就沒什麼力氣，所以門依然文風不動。

話雖如此，我現在的力氣更小。

即使過去幫忙也沒什麼效果，稀少的魔力也一下就會消耗殆盡。

雖然能夠輕易地靠備用的魔晶石恢復魔力，但可悲的是，這個孩童的身體無法承受精神上的消耗，很快就會累倒。

我只能在旁邊替他們三個加油。

「老師，還沒好嗎？」

貝緹以門為起點，張開一個半圓形的「魔法障壁」，承受聚集到這裡的小型龍魔像的集中砲火。

她的魔力消耗得很激烈，所以應該希望我們能盡快打開門。

「只好使出全力了。」

「現在不是保留魔力的時候了！」

「上吧！」

三人大幅增加使用的魔力，總算逐漸推動鐵門。

「只要開到夠讓人進去就行了！」

「吾輩知道！」

三人應該都消耗了許多魔力。

因為總算打開一道足以讓人通過的縫隙，我們依序衝進門內。

「當然，還必須關上才行吧？」

「不然會被敵人闖進來。」
辛蒂一聽見我的回答，表情就明顯變得非常沮喪。
為了不讓小型龍魔像闖進來，我們這次換努力將門關上。
貝緹則是用「魔法障壁」堵住門的縫隙，不讓小型龍魔像趁機進來。
「嗚嗚！別進來啦——！」
用不習慣的形狀展開「魔法障壁」，比想像中還要耗費魔力與精神。
「就差一點點了！」
「好重！」
「重死了！」
三人一臉痛苦地推著巨大的鐵門。
消耗了和開門時一樣多的魔力後，鐵門總算關上了。
「呼……」
總算能夠解除「魔法障壁」的貝緹鬆了口氣，當場癱坐在地。
艾格妮絲他們也一樣。
然而，鐵門對面也同時傳來激烈的撞擊聲。
「大家離門遠一點。」
「老師？」

「沒事，只是稍微把門堵住而已。」

原來如此，我現在總算知道為什麼這扇鐵門是用推的了。

這樣即使入侵者逃進這裡，小型龍魔像也能直接推開門追擊。

既然如此，我也有我的考量。

我從魔法袋裡拿出岩石和沉重的雜物堆在門前。

「這樣應該就暫時沒問題了。」

「咦？只能撐一下子嗎？」

「艾格妮絲，妳覺得這座地下遺跡的設計者會沒預料到這個狀況嗎？」

看來我的預測可能是對的。

撞擊門的聲音數量增加了。

而且明明堆了這麼多重物，門還是每隔一段時間就會稍微移動。

只能認為是在外面撞門的小型龍魔像變多了。

「跟之前的牆壁陷阱一樣，在吾等突破後，那片水池和無法『飛翔』的陷阱就解除了。」

換句話說，門外面現在聚集了無窮無盡的小型龍魔像，而且它們正一齊撞門。

「所以只是『暫時』沒問題。趁現在休息吧。」

「但我們必須盡快前進。」

「以這樣的腳，應該是辦不到吧。」

艾格妮絲他們剛才一直在冷到足以讓身子發麻的冷水中移動。

而且還使出全力推開鐵門。

他們現在連站都站不穩，根本無法好好走路。

「大家把腳伸出來。」

「咦？我的腳嗎？這種事希望可以等到只有我們兩人的時候……」

「喂！我是認真的！辛蒂、貝緹和厄尼斯特也一樣。」

艾格妮絲這孩子，好像累積了一些奇怪的知識。

這點感覺和伊娜有點像？

我運用火魔法，對艾格妮絲他們的腳使出類似「發熱」的魔法。

總之必須先替艾格妮絲他們暖腳。

不然別說是跑了，就連走路都有困難。

「好溫暖。老師，這是火魔法嗎？」

「沒錯。」

「這個魔法很難嗎？」

「是啊。」

至少她們還辦不到。

必須要有一定程度的魔法控制力，才能將火魔法的威力降低到極限，製造出並非「燙」而是「溫暖」的狀況。
如果讓別人隨便使用，一定會造成燙傷。
我也是經過一番練習才學會，幸好這個魔法的重點是控制，不需要消耗多少魔力。
我變成小孩後只會礙手礙腳，如果不透過這種支援做出貢獻，就無法存活下來。
「好溫暖喔。」
我同樣替辛蒂暖腳後，她也露出舒適的表情。
「老師，可以再上面一點嗎？」
「我也是。」
「拜託了，我的腰也好冷。」
總而言之，如果不先替三人的下半身取暖，會很難繼續前進。
「厄尼斯特的腳應該也很冷吧。」
「魔法的控制力啊。看來之前偷懶的報應來了。」
魔族通常都具備龐大的魔力，但因為很少用到，所以大部分的人都沒在鍛鍊魔法。
雖然厄尼斯特已經是個大人，但他不會這種魔法也很正常。
如果他亂來弄傷自己也很麻煩，所以還是讓我來好了。
坦白講，比起大叔，我更想替三個美少女暖腳……但這都是為了活下去。
「真溫暖。不過為什麼不直接生火呢？」

「這裡可是密閉空間耶？你沒看見這條樓梯這麼窄嗎？」
「只是保險起見問一下而已。真溫暖。」
我替其他人暖腳，順便施展簡單的治癒魔法。
畢竟要是腳凍傷就麻煩了。
然後，我的魔力就這樣用盡了。
「沒有魔力真是難受。」
我的魔力一直以來都在成長，所以從來沒在意過這種事，但現在如果不謹慎使用魔法，魔力一下就會用盡。
雖然我立刻用魔晶石恢復魔力，但小孩子的身體果然很容易累。
頂多只能再補充一次魔力吧。
即使魔力可以不斷補充，但精神上的疲勞就沒這麼容易消除。
這座地下遺跡的設計者就是看準這點，將陷阱設計成不讓人有時間休息，真的是非常陰險。
「艾格妮絲，你們也快點補充魔力吧。接下來的狀況應該也會很嚴苛。」
「「「是！」」」
艾格妮絲她們和厄尼斯特，都用為了這種時候準備的魔晶石，恢復剛才失去的大量魔力。
「這比想像中還要辛苦呢。」
只要事先將自己的魔力存進魔晶石，就能補充魔力。

即使受傷，也可以用治癒魔法治好。

但精神的疲勞就沒這麼容易解決。

雖然要是能小睡一下就好了，但從鐵門的撞擊聲和每次都跟著移動的門來看，我們應該沒什麼時間休息。

在不曉得門何時會被撞開的情況下，也無法悠哉地睡覺吧。

「厄尼斯特，你覺得還剩下幾層？」

「接下來應該就是最後一層。」

「喔，我也這麼覺得，但你的想法有什麼依據嗎？」

「這裡是軍事設施，而且想必是用來實驗小型魔像和各種魔導技術的地下遺跡，根據至今的經驗，應該再一層就是極限了。」

「極限……是因為預算嗎？」

「無論是哪個時代的人，都不能沒錢啊。」

「我也這麼覺得。」

雖然只是個人感覺，但我們應該離地面很近了。

我沒什麼根據，只是直覺這麼認為。

不過……

「正因為是最後一層，所以應該比之前都要難應付。」

「我早就做好覺悟了。」
即使接下來不是最後一層，我們也只能持續前進到筋疲力竭為止。
我看向艾格妮絲等人，她們的眼神看起來也做好了覺悟。
她們透過今天的實戰獲得的成長，比至今的講課和練習加起來都還要多。
我希望她們能夠生還，在畢業後發揮這些成果。
畢竟我是她們的老師。
「差不多該走了。」
「說得也是。」
休息了約十分鐘後，我們確認鐵門已經被小型龍魔像撞歪，於是開始爬上樓梯前往另一個樓層。
如果這不是最後，或許我們會逃不過這一劫，但我盡量不去思考這件事，直接爬上樓梯。

「怎麼樣？」
「看起來是最後一層。」
「唔哇，這層樓好寬。」
「有點像演習場？」
「這層樓的出口太遠，看不見。」
我們來到了另一個樓層。

我迅速從魔法袋裡拿出望遠鏡，觀察推測是出口的門。
距離大概是五百公尺。
那扇門上面充滿了豪華的裝飾。
在門正上方的牆壁，設置了一個龍頭雕像。
此外牆上還開了許多洞，這讓我心裡充滿了不祥的預感。
我輕輕將望遠鏡交給厄尼斯特。
「出口牆壁上的龍頭，是用來下達指示，擊退入侵者的裝置。」
「那個龍頭嗎？但吐息應該到不了這裡。」
艾格妮絲接在厄尼斯特後面觀察出口的狀況，說出自己的見解。
「那些洞……好像有點可疑？」
辛蒂用從我這裡拿到的備用望遠鏡確認出口，臉上的表情充滿不祥的預感。
我也同樣不覺得那些洞只是換氣孔。
魔像是人造物，不需要透氣，所以沒必要在一面牆上開十幾個洞。
「雖然……我很希望是自己猜錯了。」
「看來不太可能。」
同樣跟我借了望遠鏡探查出口附近的貝緹，也露出充滿不祥預感的表情。
根據至今的經驗，這座地下遺跡的設計者不可能會犯下這種失誤。

「看來勝負的關鍵可能是時間。」
「難道不是只要抵達出口就行了嗎？」
「還是捨棄這種天真的想法比較好。」
「我想也是……」
再次用望遠鏡確認後，不出所料，許多小型龍魔像開始從牆上的洞裡現身。
裝在門上方的巨大龍頭眼睛發出奇妙的紅光，大概是在下達「驅逐入侵者」的指令吧。
「「「老師，請下指示！」」」
「可以的話，我是希望妳們能自己思考……」
艾格妮絲她們也差不多到極限了吧。
話雖如此，事到如今能用的戰法也有限。
「厄尼斯特適時補充魔力，盡可能持續展開『魔法障壁』。」
「知道了。」
下層的鐵門隨時都可能被破壞。
只能在被夾擊前，破壞那個龍頭了。
只要破壞那個，應該就不會有新的小型龍魔像從出口那面牆上的洞出現了……希望如此。
如果還能讓它們停止活動就更好了。
我們依靠厄尼斯特的魔力，全力朝那顆龍頭前進。

只要成功接近，就能讓艾格妮絲她們破壞龍頭。

而且當然是愈快愈好。

「如果被小型龍魔像從後面夾擊就完蛋了。必須全力用最快的速度破壞那顆龍頭。這麼一來，至少我們不會死在這裡。」

考慮到我們現在的疲勞程度，如果還有另一個樓層應該就死定了，但現在沒有保留體力的餘裕。

儘管能夠保留魔力，但沒有時間消除疲勞果然很辛苦。

如果輕率地休息，就會被魔像包夾殺掉。

必須盡快全力突破這裡，之後的事情就只能向神祈禱了。

「有異議嗎？」

我看著最有可能提出異議的厄尼斯特問道。

「沒有。從這個排場來看，應該可以認為那顆龍頭就是最終頭目，以及是它在操縱底下的陷阱和魔像。吾輩覺得全力破壞它，是一場不錯的賭局。」

「事情就是這樣。上吧！」

「「「是！」」」

我們採取讓艾格妮絲領軍，再來是辛蒂和貝緹，然後是我，厄尼斯特殿後的菱形陣形，開始直線衝向龍頭。

「老師，你沒問題嗎？」

「我知道很勉強，但因為要速戰速決，所以我會用『身體強化』提升速度。」

如果跟之前一樣讓厄尼斯特揹我，他的負擔會太大，所以這次我只能自己跑。

因為是對小孩子的身體施展「身體強化」，用和大人相同的速度奔跑，所以對身體的負擔很大。

我的魔力量不多，必須頻繁靠魔晶石補充魔力，所以開始出現頭痛和使不太上力的症狀，但我只能持續忍耐，畢竟這總比死掉好。

「嘎——！」

「嘰——！」

小型龍魔像一察覺我們接近，就放出吐息，但全都被厄尼斯特的「魔法障壁」擋下。

這種小嘍囉不管打倒幾隻都沒意義，所以現在只能朝龍頭前進。

「老師，魔像的狀況……」

貝緹率先發現有一部分的小型龍魔像開始撤退。

「老師，那些魔像正好在龍頭和我們之間的直線上，該不會……」

「艾格妮絲，妳猜對了。所有人展開『魔法障壁』並加以強化！」

在那之後，龍頭朝我們吐出藍白色的光波。

「是無屬性吐息！」

即使只有頭，但這是貨真價實的龍之吐息。

而且威力十分強大，必須要我跟艾格妮絲她們也一起展開「魔法障壁」，才能勉強不被貫穿。

當然這必須消耗大量魔力。

所有人都用手邊的魔晶石補充魔力，繼續張著「魔法障壁」防禦吐息。

「頭好痛啊！」

「我也一樣！」

既然連厄尼斯特都是如此，對小孩子的負擔當然也很大。

雖然艾格妮絲她們什麼都沒說，但短時間內反覆靠魔晶石補充消耗的魔力，應該也讓她們覺得使不上力和頭痛才對。

「即使如此，還是只能前進。」

就算是人造物，也不可能毫無限制地使用吐息，龍頭的吐息只維持了約一分鐘就暫時停止了。

我們趁機前進，但過了約一分鐘後，龍頭與我們之間的小型龍魔像又再次退開。

龍頭使出第二次的吐息，我們又再次被迫停下腳步。

為了防禦吐息，我們持續消耗魔力、體力和精神力展開「魔法障壁」。

雖然所有人都已經疲憊不堪，但還是勉強抵達離龍頭只有幾十公尺的地方。

「吾輩無法使用攻擊魔法。」

「我知道，厄尼斯特以保護自己為最優先！」

厄尼斯特配合我的指示，將「魔法障壁」縮小到只夠保護自己一個人。

與此同時，我在艾格妮絲她們面前從魔法袋裡拿出大量小石子。

「等所有人趴下後，妳們三人同時施展風魔法。」

「啊！我知道了！辛蒂！貝緹！」

艾格妮絲立刻察覺我的意圖。

三人一起展開強力的風魔法。

雖然寬廣，但這裡仍是密閉空間。

三人的風魔法讓小石子像子彈般飛來飛去，接連擊落周圍的小型龍魔像。

小石子當然也會飛向我們，但都被我們用小規模的「魔法障壁」擋下。

因為趴在地上，所以只需要防禦上方，這樣就算是現在魔力不多的我也能辦到。

「減少很多了……厄尼斯特！」

「吾輩知道。」

厄尼斯特起身，在龍頭正面充當誘餌。

他在龍頭準備朝他發射吐息時迅速左右移動，持續將龍頭玩弄在鼓掌之間。

「妳們三個左右分散，攻擊龍頭！」

「「「是！」」」

我命令艾格妮絲她們直接破壞龍頭。

我現在辦不到這種事，所以只能交給她們。

幸好龍頭是裝飾在牆上的掛飾，無法轉動脖子。

只要沿著左右的牆壁移動，就不會被它的吐息擊中。

「它似乎是靠小型龍魔像彌補吐息的死角。」

我們一移動到吐息的安全地帶，就有幾十隻小型龍魔像從牆上的發射口裡跑出來，於是艾格妮絲她們接連用魔法擊落它們。

小型龍魔像並不堅固，所以能夠輕易擊墜，但問題果然還是數量。

我從魔法袋裡拿出岩石堵住發射口，但碰不到位於高處的洞。

即使發射口被堵住，裡面的小型龍魔像仍想出來，所以洞裡持續傳來金屬和岩石的碰撞聲。

「艾格妮絲！妳還好嗎？」

「我現在沒什麼餘裕！」

「辛蒂呢？」

「我也一樣！」

「貝緹！」

「我也不行！」

最後我看向厄尼斯特，他光是用「魔法障壁」保護自己就竭盡全力了。

厄尼斯特原本就無法使用對魔像有效的攻擊魔法，所以我才讓他吸引至今仍不斷從沒被堵住的發射口跑出來的小型龍魔像的注意，替我們應付吐息攻擊。

我沒辦法再勉強他。

「這下麻煩了……」

雖然我們好不容易撐到這裡，但這些成員的火力還是不太夠。

如果能再稍微成長一點，艾格妮絲她們應該會成為優秀的魔法師，但她們目前經驗不足，光是應付持續湧出的小型龍魔像就竭盡全力了。

小型龍魔像也會放出吐息，如果必須分神閃躲和防禦，攻擊的頻率難免也會跟著下降。

「（要是有卡特琳娜在……）」

如果是她，應該能一口氣殲滅小型龍魔像，然後立刻用魔法發動下一波攻勢……

但依靠不在這裡的戰力也沒意義。

「鮑麥斯特伯爵！感覺不太妙啊！」

貫徹防禦的厄尼斯特，大聲向我提出警告。

我急忙發動「探測」，看來下層的鐵門已經被突破了。

後方傳來有許多小型龍魔像正在逼近的反應。

「已經沒時間了嗎……」

「又出來了！」

「真是沒完沒了！」

「必須快點破壞龍頭！」

看來那個龍頭比想像中還要聰明。

那對散發紅色光芒的眼睛，看穿我們當中火力最強的是艾格妮絲她們，並讓小型龍魔像集中攻擊那邊。

話雖如此，它也沒無視我和厄尼斯特。

為了充當誘餌，厄尼斯特正忙著在龍頭面前左右移動，我也忙著閃躲或用小規模的「魔法障壁」應付小型龍魔像的攻擊。

拜此之賜，我逐漸累積了許多疲勞，明明正在進行劇烈運動，卻開始覺得睏了。身體也變得好重。

這樣下去，我們會被消耗到筋疲力竭，然後被小型龍魔像殺掉。

「看來只能賭一把了！艾格妮絲！辛蒂！貝緹！掩護我！」

與其被慢慢削弱殺掉……我抱持著這是最後一次的覺悟，用魔晶石補充魔力，意識變得更加模糊，身體也變得沉重。

這個小孩子的身體，早就已經超出極限。

即使如此，我現在還是不能睡著。

我從魔法袋裡拿出箭矢刺自己的大腿。

「老師？」

「這樣就清醒了！要上囉！」

這次我換使用「飛翔」，飛到龍頭的高度。

小型龍魔像們當然接連朝我發射吐息，但都被艾格妮絲她們用無屬性魔法彈開。

「妳們三個都成長了呢！」

果然比起上一百堂課，不如經歷一次實戰……

三人切換魔法的速度都有顯著的提升。

在艾格妮絲她們的掩護下，我飛到能夠瞄準龍頭右眼的位置。

「雖然如果沒用就完蛋了，但也不是沒有勝算。」

我從魔法袋裡拿出小時候使用的弓，以及一支為了以防萬一特製的箭，開始瞄準。

「老師！那麼短的箭不可能有效！」

「這就難說了。」

畢竟這支箭的前端裝的不是箭頭，而是蘊含大量魔力的魔晶石。

我用剩下的魔力做成一條線，將魔晶石與我的頭部連在一起。

這就類似用魔力做成的導火線。

之所以連在頭部，是為了在最適當的時機引爆魔晶石內的大量魔力。

我在研究了許多魔法後，發現即使空氣中有大量魔力也很難引爆，但只要灌入魔石或魔晶石內，就有辦法做到。

但關鍵在於魔石的魔力與魔力的品質，無法產生夠強的威力。

所以這招只能使用儲存了自己魔力的魔晶石。

「話雖如此，這會讓昂貴又貴重的大容量魔晶石報銷！而且我也不曉得讓這麼多魔力爆發會發生什麼事情。」

以我現在的狀態，運氣不好或許會被捲入大爆炸死亡。

但總比就這樣被魔像折磨至死要好吧。

「我不曉得爆炸的威力！大家自己保護好自己！」

「可是老師！」

「「老師！」」

事到如今，也只能上了！

即使被捲入爆炸死亡，我也累積了保護學生的功德。

就算再次轉生到其他世界，生活應該也不會太糟。

雖然這只是我毫無根據的想像。

「要上囉！」

我瞄準龍頭，射出特製的箭。

從這個角度，它應該無法用吐息將箭擊落。

雖然即使沒射中眼睛也沒關係，但箭順利命中龍的眼睛。

我立刻透過頭上的魔力線，引爆裝在箭上的魔晶石內的魔力。

「這下……或許會很不妙……」

為了維持「飛翔」和在適當的時機引爆魔晶石內的魔力，我的疲勞終於超越極限，在意識模糊的情況下墜落地面。

之後，魔晶石內的魔力爆發，散發出看起來威力十分強大的放射狀光芒。

儘管聽說死前一切都會變成慢動作，但我現在的狀況正是如此，接著我逐漸被光芒淹沒。

從時間上來看，艾格妮絲她們應該來不及救我。

雖然遺憾，但看來我這輩子就到此為止了。

「真希望能見自己的孩子們一面……」

我在爆炸產生的強風逼近自己前如是想著，然後疲勞到達極限的我就這樣失去意識。

失去意識前，我最後想的果然還是即將出生的孩子們，我不斷向還沒見到的孩子們道歉，希望他們能原諒我這個沒用的父親。

＊＊＊

「咦？這裡是那個世界嗎？」

「「「老師！」」」

「鮑麥斯特伯爵，你真的是太頑強了。」

「這句話我原封不動地還給你。」

我本來以為這次真的死定了，但看來還是撿回了一條命。
我一醒來，就看見艾格妮絲她們和厄尼斯特的臉。
如果我真的死了，正在俯瞰我的人應該會是師傅才對。
這表示我還活著。
「真虧你被捲入那場爆炸還沒死。」
如果壓抑爆炸威力導致無法破壞龍頭，那就本末倒置了，所以裝在箭矢前端的魔晶石裡還殘留相當多的魔力。
由於引爆方式特殊，因此相較於魔力量，這場爆炸既沒什麼效率，威力也不強，但產生的暴風應該仍足以取我性命。
然而我卻還活著。
真是不可思議。
「老師，是厄尼斯特先生救了你。」
艾格妮絲表示厄尼斯特當時立刻用「飛翔」將我回收，然後重新展開「魔法障壁」保護了我。
話雖如此，明明就連平常持續鍛鍊魔法的艾格妮絲等人都來不及反應，空有強大魔力但平常都在偷懶不練習魔法的厄尼斯特，卻來得及救我。
「吾輩覺得這時候應該坦率道謝，才是做人的道理。」

「謝謝你救了我，厄尼斯特。」

「坦率是件好事。吾輩也不希望失去贊助人。而且吾輩對這座地下遺跡非常有興趣。」

如果我死掉，他說不定就無法探索這座地下遺跡了。

真符合厄尼斯特的風格……

話說這裡到底是哪裡？

我環視周圍，發現這裡像是個神殿，除了石頭地板以外，還有刻著龍的石柱。

至少不是那個龍頭所在的樓層。

「那個龍頭已經完全被破壞了。然後那些小型龍魔像就跟著停止活動，出口的門也打開了。這裡是再上面一層樓。」

根據辛蒂的說明，我們似乎來到了地下遺跡的最上層。

如同我和厄尼斯特的預測，那個龍頭就是最終頭目。

「這樣啊，那出口在哪裡？」

「老師，你還是先不要動比較好。你的身體還是小孩，必須好好休息。」

貝緹讓我躺在她的腿上，阻止我起身。

但我心裡只想早點確認能不能回到地面。

「在老師休息的期間，我和辛蒂已經用魔法去除堵住入口的土石了。」

「這裡是地上一樓，所以不用擔心。」

兩人已經出去外面確認過，這裡是距離鮑爾柏格南方約十公里的丘陵地帶。

這座地下遺跡的一樓剛好被埋在丘陵底下，所以才一直沒被發現。

「雖然能平安活下來是很好，但現在鮑麥斯特伯爵家的人應該正在拚命尋找我們。尤其是艾爾文。」

本來以為是安全的地下遺跡才先去外面上廁所，結果我們卻突然消失了。

對身為鮑麥斯特伯爵家家臣的艾爾來說，這已經不是負責任就能了事的問題。

他或許正在驚慌失措地找我。

「該怎麼聯絡……啊！」

我現在才想起來。

魔法袋裡有魔導行動通訊機。

只要用這個聯絡其他人，或許就不會在地下遺跡遇到生命危險了？

一想到這點，我就稍微冒了點冷汗。

「嗯？通訊嗎？這裡是軍事設施，所以一定無法通訊吧。」

厄尼斯特在帝國內亂時也曾修好並使用過通信妨礙裝置，或許這種裝置在古代魔法文明時代是很常見的軍事技術。

「所以吾輩才沒立刻要你聯絡其他人。鮑麥斯特伯爵應該也知道吧？難不成……」

「我、我當然也有注意到！」

我假裝只是為了保險起見，嘗試使用魔導行動通訊機。在發現真的聯繫不上後鬆了口氣。

「看來這裡的通訊妨礙裝置，和魔像是屬於不同系統。」

「所以即使破壞那顆龍頭，也無法通訊啊。」

厄尼斯特發現這座地下遺跡還沒完全停止活動。

有些裝置至今仍在運作。

因為這裡很危險，所以還是早點出去吧。

我起身離開貝緹的大腿。

「啊……真遺憾……」

「只要到地下遺跡外面，應該就能和其他人取得聯絡，救援人員也會很快趕到。還是快點離開這裡吧。」

我們決定先擱下調查地下遺跡的工作，走出這座一樓部分被埋在丘陵地帶下面的地下遺跡。

我一走出遺跡就立刻用魔導行動通訊機聯絡其他人，救援人員也立刻趕到，我們這場出乎意料的死鬥就這樣平安落幕了。

＊　＊　＊

「威爾，還活著……雖然變小了。」

「艾爾這傢伙好像在哭耶。」

「我說啊，威爾。要是你有什麼萬一，艾爾可是擔不了這個責任。」

「原來如此。」

「主公大人，希望您對自己的重要性能再多有些自覺。」

「我也沒辦法。人生難免會有意外，還是這樣想比較輕鬆吧。」

「就算威爾能這麼想，艾爾和羅德里希先生也辦不到吧。」

我現在仍是個疲憊的孩子，所以今晚只想早點吃飯睡覺……

艾爾在看見我時困惑了一下，但一知道我只是因為魔法暫時變成這樣，就哭了出來，羅德里希的說教還是一樣煩人，真是讓人受不了。

伊娜則是認為發生了這麼大的事情，會有這樣的結果也很正常。

「對不起，都是我們的錯。」

「都怪我不小心，讓那隻小老鼠靠近。」

「我們差點就把老師害死了。對不起。」

因為發生了這樣的事，艾格妮絲她們今晚也住在我家，但她們都覺得自己必須對今天的事負責。

三人一直向羅德里希、艾爾和艾莉絲她們道歉。

大概是認為如果我死了，事情會鬧得非常大吧。

「不用在意。但不小心讓那隻老鼠靠近確實是不太好，下次要多注意一點。」

反正這些都是已經過去的事情，她們三人在經歷了今天的死鬥後也成長了不少。

作為一個老師，只要結果是好的就萬事大吉。

「繼續追究已經過去的事情太沒建設性了，神也說過『失敗是下次成功的基石』，所以不用放在心上。」

不愧是艾莉絲。

她安慰三人不需要太在意。

既然我的正妻艾莉絲都說三人不需要負責了，那除了我以外的人應該也無法繼續針對這件事責備她們。

羅德里希和艾爾之後也都沒再發表意見。

「（不好意思，艾莉絲。）」

「（我知道您不希望有人追究她們的責任。）」

不愧是艾莉絲。

她發揮正妻的能力，比其他人早一步察覺我的真意並加以應對。

「話說威爾變可愛了呢。」

接著，露易絲也巧妙地轉移了話題。

魔法的效果尚未解除，她不知為何正高興地和還是小孩的我比身高。

「露易絲好像高一點？」
「沒錯，薇爾瑪。我現在比威爾還高。」
「雖然好像過一晚就會恢復。」
卡特琳娜露出無法理解露易絲在想什麼的表情，但這是因為她還算滿高的。
站在露易絲的立場，就算只有一個晚上，身高曾經贏過我這件事依然很重要。
「總覺得讓人回想起剛嫁到鮑麥斯特騎士爵家的事情，威爾當時也是像這樣又小又可愛。」
「偶爾看一下這麼小的威德林也很可愛呢。」
「是啊。」
或許是因為魔法明天就會解除，大家都不怎麼緊張，連亞美莉大嫂、泰蕾絲和莉莎都開始把我當成小孩子。
她們甚至還依序摸我的頭。
「我的內在還是大人喔。」
「我知道，只是忍不住會想摸你的頭。」
「可以理解。」
「就像是想起了小時候的弟弟。」
我已經是大人了，被妙齡女性像這樣摸頭和抱來抱去，實在是讓人害羞得不得了。
「威德林弟弟，能被大姊姊們像這樣摸頭，你應該很開心吧？」

艾爾因為我失蹤而吃了不少苦頭，所以趁機報復我。

他一看見我被當成小孩子，就開始嘲弄我。

「厄尼斯特先生，主公大人真的會恢復原狀嗎？」

「放心吧。吾輩也用了很多不習慣的魔法，覺得很累，就先去睡了。」

厄尼斯特原本靜靜地和我們一起吃晚餐，但說完自己很累後，就離開房間去睡覺了。

他也救了我不少次，今天就讓他好好休息吧。

「我也要睡了。」

小孩子的身體很容易累，真是讓人困擾。

我決定今天也要早點睡。

到了明天，就可以跟這個小孩子的身體說再見了。

「那麼，親愛的，今天就一起睡吧。」

然而，艾莉絲立刻如此提議，讓情況陷入混亂。

艾莉絲有孕在身，我的身體又變成這樣。

雖然不會做那種事，但她似乎想和變成小孩的我一起睡。

「欸——！艾莉絲太狡猾了！」

「可是，伊娜小姐。因為不確定威德林大人明天是否真的會變回來，需要有人幫忙確認才行。」

儘管我應該明天早上就會恢復原狀，但凡事都有個萬一。

艾莉絲主張自己是為了確認這點，才想和我一起睡。

「那交給我也行吧？」

「伊娜，我也完全沒問題喔。」

「我也是。」

「機會應該是平等的吧？」

「那我也要加入。」

「大家都有孕在身，所以還是交給我這個侍女長吧。」

「亞美莉姊太狡猾了。」

「就是啊。大家還是老實點。其實妳們只是想和變成可愛小孩子的威德林一起睡吧？」

泰蕾絲對爭吵不休的艾莉絲她們丟下一顆名為真相的炸彈。

「的確，那麼，考慮到威德林大人只有今晚是小孩，這個特權應該交給我這個正妻。」

「居然在這時候說這種話？」

「太狡猾了，艾莉絲。我也想疼愛比自己小的威爾和他一起睡。」

「這個理由太奇怪了。威爾大人應該跟我睡。露易絲睡相很差。」

「沒錯。所以如果是我這個優雅的淑女就沒有問題。」

「這跟優不優雅一點關係都沒有吧。我的睡相很好喔。」

「不可以說謊。卡琪雅會說夢話吧，應該交給我。」

「真是的，各位難道都忘了自己有孕在身嗎？還是讓我來吧。」

「亞美莉，如果只是一起睡應該沒什麼關係吧。為了替孩子的出生做準備，還是交給本宮吧。」

我的妻子們一直爭論不休。

話說回來，就算跟現在的我一起睡又能怎樣？

「威德林大人累了，為了避免爭執，還是交給我這個正妻吧。」

「就說那樣太狡猾了！」

「讓我來！」

「我的睡相也很好。」

「果然還是交給優雅的我！」

「就說跟那沒關係了！還有我已經不會說夢話了。」

「我是新人，所以機會本來就比較少。」

「這是什麼理由！那本宮不也一樣。」

「各位，這樣對肚子裡的小孩不好，還是快點去睡吧。我最清楚威爾小時候的狀況。」

「老師？」

「妳們幾個可以先去客房睡。今天辛苦妳們了。」

「老師，你沒事吧？」

「你明明很累……」

「等妳們長大應該就會明白了，如果我這時候擅自跑去睡，事情會變得非常麻煩。妳們不用在意，先去睡吧。」

結果，艾莉絲她們一直沒有結論，只是白白拖延我的睡覺時間，害我隔天睡眠不足，必須另外睡午覺。

順帶一提，我隔天早上一起床，身體就恢復原狀了。

第四話　頭髮是一輩子的朋友

「鮑麥斯特伯爵，『髮神』似乎出現在你的領地了。」

「咦？髮神？」

「沒錯，就是髮神。」

今天沒有預備校講師的工作，所以我在家裡看羅德里希準備的報告書。

鮑麥斯特伯爵領地非常廣大，我不可能把所有政務都看完，但身為領主，還是必須慢慢掌握整個領地的狀況。

艾莉絲她們待產休假中，現在正好適合學習這些工作。

看來以前當上班族的經驗沒有白費，只要看過文件就能掌握大致的情況。

領地內的開發比預期順利。

就在我確認這些資訊時，來了個意外的客人。

客人自稱埃倫弗里德伯爵，服裝和舉止也符合這個身分。

他的年齡大概是四十歲上下，似乎是農務派閥的名譽貴族。

我還是一樣記不住貴族的名字，幸好有艾莉絲和羅德里希幫忙。

我正納悶他來這裡幹什麼——本來以為既然是農務派閥，應該是和農業有關——他就突然說出我不知道的名詞。

「不好意思，我這個年輕人有些孤陋寡聞，請問『髮神』是什麼？」

「是一種傳說中的生物，所以也難怪鮑麥斯特伯爵不知道……」

根據埃倫弗里德伯爵的說明，髮神是一種不確定是動物或魔物的生物。

「不知道是哪一種嗎？」

「因為牠的動作快到眼睛跟不上……」

因為快到眼睛跟不上，所以誰也不知道牠的真面目，目擊地點也同時包含魔物領域和普通的森林與草原，就連棲息地都無法確認。

「我有一個疑問，既然是真面目不明的生物，要怎麼知道那是髮神？也可能是其他動作快的生物吧。」

「關於這部分……」

髮神有個很大的特徵。

那就是逃跑時，會對追捕自己的人噴灑某種奇妙的液體。

「液體？是一碰到身體就會融解嗎？」

「不，並非如此。只要碰到那個液體，就會長出頭髮。」

「頭髮啊……」

這麼說來，我眼前的埃倫弗里德伯爵沒有頭髮呢。

他的表情看起來明顯對能讓人長頭髮的液體非常有興趣。

「換句話說，牠逃跑時會噴灑液體，並讓被潑到的人重新長出頭髮？」

「是的，以前剛好有個頭髮稀疏的冒險者被潑到，之後他的頭髮直到死前都非常茂密。」

「效果真厲害……」

前世也有很多煩惱頭髮稀疏的人。

自從發現上司戴假髮後，我每次和他說話都要努力不讓眼神飄到他的髮際。

只要對稀疏的頭髮有效，無論這生髮劑再怎麼貴都會有很多人想買。

就算在科學萬能的地球，也找不到這種絕對有效的生髮劑。

至少在我轉生到這個世界之前是如此。

但這個世界也有神祕的生髮劑。

我是不曉得有沒有效……

但即使是可疑的魔法藥，還是有很多有錢的商人或貴族願意花大錢購買。

他們一直重複「被騙，然後再去買新魔法藥」的過程。

這種人非常多。

不管被騙幾次，都持續懷抱著或許有機會遇到有效生髮劑的希望。

無論哪個世界，頭髮對男性來說都是永遠的課題。

「幸好目擊地點不是在魔之森。所以我有事想拜託鮑麥斯特伯爵大人。」

埃倫弗里德伯爵遞給我一束文件。

文件上寫的全都是給我的委託內容。

「您應該不會拒絕吧？」

這是在對我施壓。

內容大意是希望我能用魔法抓住髮神，或是確保牠逃跑時噴灑的液體。

所有文件都有寫到希望我能優先將獲得的成果賣給委託人。

這些委託書的主人，應該全都是沒什麼頭髮的傢伙吧。

然後如果我拒絕這項委託，就會被那些沒頭髮的人當成「器量狹小的傢伙」記恨。

明明那麼在意頭髮才是器量狹小……但我當然不能這麼說。

畢竟我還無法理解禿頭者的心情。

而最可怕的還是他們對頭髮的執著。

「我不保證能夠成功……」

「這我明白，但即使可能性微乎其微，我們還是想取回自己的頭髮！」

埃倫弗里德伯爵的魄力，讓我無法選擇拒絕。

「髮神嗎？是傳說中的生物呢。因為擁有那樣的效果，許多當權者都想獲得牠的體液。」

被迫接下委託後，我首先向艾莉絲打探髮神的情報。

不愧是艾莉絲老師，她似乎很清楚髮神的事情。

「而且根據不成文的規定，禁止將髮神的情報流到民間……」

如果不小心被平民知道，想取回頭髮的人又會變得更多。

讓頭髮起死回生。

若知道這個夢幻般的效果是真的，競爭一定會變得更加激烈。

事業有成的商人，應該多少錢都願意出吧。

「過去從來沒有抓到髮神的記錄。只有被淋到體液或取得體液的人，能夠取回失去的頭髮。」

這表示為了取得髮神逃跑時留下的稀少體液，競爭非常激烈。

「因為髮神會以肉眼跟不上的速度移動，所以至今都沒人確認過牠的長相。雖然有些人幸運獲得牠的體液，但量非常稀少。而且看到十次能取得一次，就算是幸運了……」

因為取得的機會稀少，量也不多，所以能夠受惠的人也很少。

「總之就是死馬當活馬醫？」

「是的。當然，以前也曾經有很多魔法師挑戰捕捉髮神，但從來沒人成功過。只是成功取得體液的人，比普通人要多一點……」

換句話說，就是失敗也不會被罵吧？

成功的可能性原本就很低，只是那些覺得或許能讓頭髮起死回生的大貴族們在鬧事而已。

即使如此，他們還是想依靠那個希望，並為了盡可能提升成功率而找上我。

「我會努力，但我不需要對結果負責吧……」

「是的，我覺得這樣就行了。」

既然艾莉絲老師都這麼說了，大概就是這樣吧。

「那麼，那個髮神是在鮑麥斯特伯爵領地的哪裡被人看見？」

「這個嘛……」

伊娜詢問髮神的目擊地點，但那是個令人意外的地方。

「我們這裡可能會有那種生物啊。」

「因為動作極快，所以好像連想看見都很困難……」

髮神被目擊到的地點，是在與保羅哥哥的領地鄰接的森林裡。

這座森林的正中央有條小河，那條河就是兩塊領地的邊界。

雖然是在鮑麥斯特伯爵領地這邊的森林被目擊到，但或許也會在保羅哥哥的領地出沒。

所以我才來向保羅哥哥徵求進入森林的許可。

考慮到我和保羅哥哥的關係，就算沒獲得許可也無所謂，但再怎麼親都還是要遵守禮貌。

「真是讓人難以捉摸的話題……」

「即使是死馬當活馬醫，如果不接受委託還是得承受龐大的壓力……」

這個國家是被國王、王族與貴族支配。

偉大到能夠統治國家的人通常都有點年紀，當中也有很多困擾頭髮太少的人。

所以即使是死馬當活馬醫，我還是得全力搜索髮神。

一旦拒絕，或許會有人妨礙我開發領地。

既然羅德里希笑著送我出門，那大概就是這麼回事吧。

對頭髮的執著真是太可怕了。

「我突然有個疑問，為什麼動作快到看不見的生物，會被人目擊到呢？」

「好像是只要一察覺危險，就會噴灑體液逃跑。」

「但髮神的動作異常地快吧？應該很少人會被牠逃跑時噴灑的體液潑到吧？」

「這麼說也有道理……是因為風壓嗎？」

我也不曉得這部分的詳情。

如果動作很快，或許會像鐮鼬那樣掀起強烈的旋風。

「保羅哥哥，需要跟你分報酬嗎？」

「如果是在我們這邊抓到再說吧。」

即使是宗主與附庸的關係，這部分還是得說清楚。

但保羅哥哥似乎認為我不太可能取得髮神的體液。

所以說具體事項可以之後再談。

「主公大人，我也想參加搜索。」

此時，原本是保羅哥哥在警備隊的同僚，現在擔任侍從長的奧特瑪先生表示也想參加搜索髮神的行動。

「奧特瑪，你今天休假，所以是沒什麼關係……」

「謝謝，太好了——！我要鼓起十分的幹勁——！」

奧特瑪先生開心地前往森林。

「那個……保羅哥哥？」

「奧特瑪那傢伙，最近在煩惱頭髮變少了……」

無論哪個時代或哪個世界，大家都有頭髮變少的煩惱。

「話說那種生物真的存在嗎？」

我召集的成員，和包含奧特瑪先生在內的幾個來自保羅哥哥領地的成員，開始一起搜索髮神，但艾爾懷疑那種生物是否真的存在。

「不管是否存在，我們都得仔細找一次。」

「換句話說，就是要有個能推託的藉口？」

「大概就是那樣。」

如果因為沒去找而惹惱那些人，之後會有很多麻煩。
所以即使找不到，我還是得竭盡全力。
「會很花錢吧……」
「倒也不至於。」
由於是要尋找不確定是否存在的生物，因此我僱用了冒險者預備校的學生。
我以日薪的形式，僱用他們分散到森林裡監視。
「這也算是必要經費。」
「我比較訝異為什麼艾戴里歐先生也在。」
鮑麥斯特伯爵家的首席御用商人艾戴里歐先生，也參加了這次的搜索行動。
艾爾似乎很驚訝居然連這種大人物都登場了。
「這是作為萬一真的取得髮神體液時的對策。艾爾文，到時候貴族和王族可是會為了爭奪這個東西展開流血爭鬥喔。我也做了不少調查，發現過去真的有發生過殺傷事件。」
「就為了頭髮？」
「艾爾文，你會說這種話，是因為你的頭髮還很多。對頭髮稀疏或禿頭的人來說，那可是不惜抹殺對手也想取得的東西。」
我聽完這番話後，開始覺得自己真的是接了個不得了的委託。
因為這個委託是來自那些能夠對我施壓的人，所以我也無法拒絕……

「艾爾文，你看了那個後，還能說出同樣的話嗎？」

「各位！打起精神找吧！」

「「「是！」」」

在艾戴里歐先生用下巴指示的方向，奧特瑪先生一行人正以驚人的氣勢尋找髮神。

感覺和他一起參加搜索的人也都沒什麼頭髮……

大概是認為只要自己能夠取得體液，就能優先取回自己的頭髮吧。

感覺奧特瑪先生的頭髮，確實變得比我上次和他見面時少。

所以他才會這麼拚命。

「光看就覺得恐怖……」

「男性的頭髮和女性的美容魔法藥是個敏感的話題……所以我才會在這裡。這東西幾乎沒有固定價格，這時候就需要有商人在。」

之後一定會有大筆金錢流動，所以我才先把艾戴里歐先生找來。

「艾戴里歐先生也想要髮神的體液嗎？」

「不，我的頭髮並不稀疏，但想在女兒面前耍帥的布蘭塔克或許會需要。」

艾戴里歐先生的頭髮確實非常茂密。

雖然因為年齡因素摻了一些白髮，但這部分只要染髮就好。

「我的頭髮也沒問題啦。」

其實布蘭塔克先生也和艾戴里歐先生一起參加了這次的搜索行動。

理由是……

「布雷希洛德藩侯需要嗎？」

「伯爵大人，才不是那樣。布雷希洛德藩侯家也是幾乎沒有頭髮稀疏問題的家系。只是萬一伯爵大人真的取得髮神的體液可能會引發問題，所以才派我過來。」

「就只為了這個目的？」

為了取得髮神的體液，或許會有人想要布雷希洛德藩侯家幫忙動手腳，所以布雷希洛德藩侯其實不希望我們真的找到。

「終究只是為了以防萬一。雖然每隔幾十年就會有人目擊到髮神，但十次大概只有一次能取得，真的是夢幻的體液。我也曾參加過一次搜索行動，但當時我還只是個不成熟的魔法師，連髮神的影子都沒看見。」

布蘭塔克先生年輕時似乎也曾搜索過髮神。

「過去也有很多讓魔法師總動員，但還是抓不到髮神的記錄，坦白講就是只能靠運氣……所以放輕鬆一點吧。」

布蘭塔克先生看起來毫無幹勁。

他可能更想早點回家吧。

「唉，雖然導師或許會需要……」

其實導師也有參加這次的搜索行動。

「布蘭塔克大人，在下這個髮型是每天剪的。阿姆斯壯家的所有人頭髮都很茂密。」

「這我知道，但應該有認識的貴族拜託你吧？」

「說沒有是騙人的，但因為無法保證一定能夠取得，所以在下也不好說什麼。」

在同派閥的軍方貴族中，也有頭髮稀疏的人拜託導師幫忙……但導師嚴格來講不是軍方貴族，所以沒有義務接受。

「但如果在下參加也一無所獲，應該會更有說服力。」

「不好意思麻煩你跑一趟。」

「沒關係。明明男人的魅力又不是只看頭髮，這群大人卻把事情搞得這麼大，真是太難看了！」

雖然我也這麼覺得，但能若無其事說出來的導師實在太厲害了。

因為繼續說下去也沒用，所以我們也加入搜索髮神的行動。

「老師，好無聊喔。」

「我明白，但還是不要離開自己的崗位。我有支付日薪，如果不認真工作，可是無法成為一個好冒險者喔。」

至於要如何尋找髮神，其實並沒有什麼特別有效的好方法。

我將來打工的學生分配到目擊髮神的森林各處，這樣無論牠出現在哪裡都能立刻對應。

話雖如此，最近這幾個小時都沒發現任何東西，所以學生們都開始覺得厭煩。

他們必須監視自己負責的地方，所以被禁止進行狩獵或採集，坦白講我也覺得無聊得不得了。

「艾爾，都沒有類似的反應嗎？」

「雖然我不曉得髮神的反應是什麼，但都沒有類似的氣息或反應。」

之後又過了幾個小時，隨著太陽開始下山，今天的搜索行動只能先暫停了。

為了尊重那些關注此事的大貴族們的意思，這次的搜索行動將持續三天。

我們今天不回鮑爾柏格，所有人都住在保羅哥哥的領地。

「威爾，謝謝惠顧啊。」

「……」

幾十個人的住宿和飲食。

對正在開發的鮑麥斯特準男爵領地來說，算是一筆不小的生意。

據說在地球過去的淘金潮時期，賺到最多錢的也是那些做礦坑工人生意的商人。

即使如此，這也是必要經費。

「我們準備好餐點和住宿場所了。」

我、艾爾、布蘭塔克先生和導師，是住在保羅哥哥家。

艾戴里歐先生似乎覺得找到髮神體液的可能性很低，所以只讓部下留守，自己回到鮑爾柏格了。

他的工作很忙，沒辦法在這種地方浪費三天的時間。

鮑麥斯特準男爵官邸才剛蓋好不久，和以前的鮑麥斯特騎士爵家可以說是完全不同。

儘管比不上鮑麥斯特伯爵官邸，但和以前的那個家相比，還是讓人覺得非常豪華。

「保羅哥哥，住這麼豪華的房子沒問題嗎？」

「不……別和以前的老家比啦……畢竟還有來自外地的客人，而且預定會使用很久。如果太破舊或狹窄，之後還是得改建，那樣反而更花錢。」

我一進屋裡，就發現有幾個穿著女僕裝的年輕女性在辛勤工作。

「保羅哥哥！是女僕啊！」

居然有女僕……

這讓我難掩驚訝。

「我只是從領民裡僱用了幾個方便來的人，女僕裝也是由我這裡出借，讓大家共用。」

「即使如此，還是很驚人！」

「唉，我懂你的心情……」

以前的老家只有幾個與其說是女僕，不如說是來日無多的老人穿著平常的衣服在工作。

那些人連幫傭都稱不上，所以這已經算是很大的進步。

「來用餐吧。」

至於關鍵的餐點，內容算是相當豐盛。

不僅有女僕幫忙上套餐，還有好吃的蛋糕當甜點。

這讓我再次擔心了起來。

「保羅哥哥，真的沒問題嗎？」

「威爾是我的宗主，本來就該好好接待，我有跟其他客人收住宿費和餐費，所以沒問題啦。而且你還是別太擔心比較好，不然爸爸會很沮喪。」

「咦？」

我一看向父親，就發現他低著頭沮喪地坐在桌子旁邊。

「威爾會擔心也很正常……畢竟你們小時候都沒吃過什麼像樣的料理……要不是有威爾獵回來的食材，有時候甚至連配菜都沒有……沒關係，我就是個沒用的前領主……」

「父親！對不起啦！」

在那之後，我花了好一段時間安慰沮喪的父親。

「讓頭髮起死回生的祕藥啊……大貴族真是辛苦。」

總算安撫好父親後，我們重新開始用餐，順便說明這次的工作內容。

父親他們也是貴族，所以這不算是洩漏情報。

話雖如此，既然都已經動用大批人力搜索，難免會從冒險者那邊走漏風聲。

儘管不知道那個叫髮神的生物會在被目擊到的地點待多久，但最近來保羅哥哥的領地住宿的冒險者或許會增加。

畢竟是一定有效的生髮劑，大貴族或大商人應該多少錢都願意出吧。

因為有機會賺到足夠玩樂一輩子的錢，或許會像淘金潮那樣聚集許多人潮。

「這是我們賺錢的機會。」

來這裡找髮神的冒險者，幾乎都不可能成功。

即使如此，對能和他們做生意的保羅哥哥等人來說，或許就像個小規模的淘金潮。

「當上大貴族後，出現在別人面前的機會就變多了。所以有頭髮可能會比較好看吧。」

雖然父親這麼說，但實際上如果原本稀疏的頭髮突然變茂密，周圍的人會怎麼想？

在我的前世，應該會被懷疑是植髮或假髮。

但髮神的效果是讓人長出自己的頭髮，所以不用在意那種事吧？

就在我這麼想時，我的視線不自覺飄到父親的頭頂。

話說回來，父親的頭髮也還算茂密。

儘管白髮又變多了一點，但如果真的很在意，只要染髮就好。

即使是白髮，有沒有頭髮還是差很多呢。

「威德林，你不需要幫我準備那種祕藥喔……」

父親一察覺我的視線，就直接告訴我不用擔心。

「我們鮑麥斯特家很少有人為頭髮感到困擾。雖然是個沒什麼長處的家族，但是只有這點能夠自豪。」

鮑麥斯特一族似乎很少人有頭髮稀疏的問題。

埃里希哥哥的頭髮也很茂密。
但這或許是件可貴的事情。
這個世界的貴族就算頭髮變稀疏，也不能靠理光頭蒙混過去。
一旦貴族理光頭，別說是被認為不合時宜或不好看了，甚至會被認為缺乏常識。
雖然也有人選擇戴假髮，但因為技術問題，非常容易被人看穿。
儘管很少有貴族會公開說這件事，但背地裡還是可能被當成笑柄。
據說以前曾發生過那些壞話傳進本人耳裡，然後演變成決鬥的狀況。
頭髮的怨恨真是太可怕了。
就是因為這樣，那些有錢的貴族才會為了頭髮這個一輩子的朋友付出各種努力。
最後還有人開始依賴奇怪的藥，遭到詐欺。
『增高藥、減肥藥、壯陽藥、豐胸藥，這些類型的藥都不太能夠相信。』
艾莉絲是這樣告訴我的。
即使明顯非常可疑，在聽見那些夢幻般的效果後，還是有很多人忍不住花大錢買。
「在那之前，真的有辦法抓到髮神嗎？」
「呃……到底抓不抓得到呢？」
我不曉得該如何回答父親的問題。
之後隨著母親加入，我們開始聊起艾莉絲她們的近況，髮神的話題也到此結束。

我偷偷在心裡下了個結論，到頭來人還是只能相信親眼看見的事物。

「老師，找不到呢。」

「連辛蒂的幸運都不行啊……」

我們開始進行第二天的搜索，但還是連髮神的影子都沒看見。

即使有辛蒂這個能夠呼喚幸運的少女在，還是連線索都找不到。

「伯爵大人，找不到呢。」

布蘭塔克先生也沒什麼幹勁。

即使有目擊情報，找到的可能性也不高，布蘭塔克先生可能是想早點回到女兒身邊。

「至少得找上三天，才有理由放棄。」

「真是白花錢……不對……在貴族社會應該不算吧……」

我畢竟是個大貴族，所以本來就得顧慮那些人。

即使抓不到髮神，也得展現出我真的有努力過的誠意。

當然，到時候多少還是會有貴族嫌我辦事不力。

「威爾，學生都開始覺得無聊囉。」

負責統率那些來打工的預備校學生的艾爾，過來向我報告。

因為只能在負責的場所監視，並禁止狩獵和採集，所以他們的精神開始渙散了。

「想辦法讓他們撐到明天。」

「這也太辛苦了，真想快點結束……」

艾爾一開口，就突然有一陣風從我們的臉旁邊高速經過。

「伯爵大人？」

「布蘭塔克先生也感覺到了嗎？」

「嗯。」

剛才明明一點風也沒有。

然而我們卻感覺到局部性的風，以及某種生物的氣息。

這表示……

「是髮神嗎？」

「大概吧。」

雖然這只是推測。

而且現在已經感覺不到髮神的氣息。

牠剛才以誇張的速度穿過我和布蘭塔克先生之間。

「伯爵大人，就連『探測』都沒有反應。」

「我的也是。」

我總算理解為什麼連魔法師都抓不到髮神。

因為牠的動作實在太快，在「探測」捕捉到牠的反應前，就移動到效果範圍外了。

「這種東西到底要怎麼抓啊？」

「預測牠的前進方向，事先在那裡設陷阱如何？」

「我們連牠目前在哪裡都不知道吧。」

布蘭塔克先生駁回了用魔法設陷阱的方案。

的確，髮神不一定會來我們設陷阱的地方，用魔法設置和維持陷阱也要消耗魔力。

即使想多設幾個陷阱，範圍還是太廣大了。

「總而言之，得先知道牠去了哪裡。」

「說得也是……」

艾爾說的沒錯，接著我們聽見被派到森林深處的學生們的聲音。

看來髮神跑去那裡了。

「上吧！」

「伯爵大人，現在去也來不及吧？」

直到聽見布蘭塔克先生這麼說，我才恍然大悟。

即使現在趕去學生大喊的地點，也絕對來不及。

「這樣到底該怎麼抓牠？」

就在我覺得根本不可能辦到時，同為髮神搜索行動成員的導師現身了。

「鮑麥斯特伯爵，在下剛才無意間感覺到類似髮神的氣息。」

「導師也一樣啊。我們也只感覺到氣息……咦！」

我一看見導師，就被他詭異的外表嚇到啞口無言。

「雖然試著憑感覺揮了一拳，但沒有打中，而且還惹髮神生氣了！結果就變成了這樣！」

髮神似乎對導師進行了傳聞中的體液攻擊。

導師平常刻意維持的髮型，變成莫名滑順的及腰長髮，而且那對鬍子也有效，讓他長出像仙人般的茂密鬍鬚。

「導師看起來好詭異……」

「真是的，讓原本沒有頭髮和鬍子的地方也受到影響，根本是給人添麻煩！」

導師被潑到髮神的體液後，頭髮和鬍子都變茂密了，但結果這只是浪費了貴重的體液。

「原來如此……」

「真是的，居然遇到這種慘事。」

結束第二天的搜索回到住宿處後，我、艾爾和布蘭塔克先生開始觀察變成長髮仙人鬍版本的導師，並確認髮神的體液真的非常有效。

畢竟眼前就有個無可動搖的證據。

「這頭髮真漂亮……」

儘管大家都贊同艾爾的意見，但是這一頭跟女性一樣漂亮的金髮放在導師身上，也只會讓人覺得詭異。

實際上，在我們回到這裡之前，所有看見導師的小孩子都發出慘叫和哭聲，大人則是驚慌地躲回家裡，甚至還有老人失去意識。

我平常也覺得導師奇特的髮型很有魄力，但現在才發現那其實已經是最安全的髮型了。

留長金髮的導師，坦白講有點恐怖。

再加上那不搭調的仙人鬍鬚，就又更恐怖了。

「導師，你不剪頭髮嗎？」

「等搜索結束後再說吧。畢竟可能還會再被體液噴到！」

這種奇蹟般的機率……但如果是導師就有可能，所以我們也不勉強他剪頭髮。

「稍微整理一下好了。」

保羅哥哥的太太似乎還是看不下去，用剪刀幫導師稍微修了一下頭髮。

拜此之賜，應該有好看一點。

她一開始看見導師時，明顯嚇了一跳。

從她能幫導師剪頭髮來看，應該已經習慣了。

但我的姪子們看見導師還是會哭。

只能祈禱不會就這樣變成心靈創傷。

「可惡的髮神！居然弄哭可愛的孩子！」

導師獨自對髮神燃起敵意，但我不知為何感到難以釋懷。

雖然他講的沒錯，但又好像只是在找碴。

「即使如此，還是稍微收集到一點體液了！」

「真厲害。」

長髮仙人鬍版本的導師從自己身上收集到一點髮神的體液。

因為大部分都被用在讓導師的頭髮和鬍鬚變長，所以回收到的量不多，但依然非常貴重。

這分量應該夠讓一個人的頭髮恢復，之後應該會演變成激烈的競爭吧。

「真是有效……難怪大家會搶成那樣。」

看見這體液如此有效，艾爾總算明白為什麼那些貴族和有錢人會搶成那樣了。

他看著導師，獨自感到佩服。

「只要導師明天也繼續活躍，就能取得髮神的體液了吧。」

「不，在下能取得髮神的體液，真的只是偶然。」

雖然艾爾期待導師明天也能取得髮神的體液，但導師認為不太可能。

「即使想用魔法捕捉，才剛有這樣的念頭，牠就已經不見了。」

沒錯，麻煩的是即使做好使用魔法的準備，在詠唱前對方就逃跑了。

明天的探索行動，也只是用來當成事後推託的藉口。

「鮑麥斯特伯爵，幸好陛下不需要這種藥呢。」

「我也這麼覺得……」

當天我決定早點休息儲備體力，但隔天一大早又看見長髮仙人鬍版本的導師，對我的心臟造成很大的負擔。

我好不容易才花了一個晚上忘記導師的頭髮和鬍子。

之後我的姪子們也再次被導師嚇哭。

「話說一個晚上就變長了不少呢……」

導師的頭髮和鬍鬚又比昨晚長了十公分以上。

「效果真可怕……」

「在下原本就不缺頭髮，所以只覺得煩！」

吃完早餐後，導師再次麻煩保羅哥哥的太太幫忙剪頭髮。

不過導師這樣下去沒問題嗎？

聽說頭髮和鬍鬚都是蛋白質。

導師的頭髮和鬍鬚長得這麼快，不會讓他自豪的肌肉變少，並在最後變得骨瘦如柴嗎？

導師的頭髮和鬍鬚變長的速度，就是快到讓我忍不住如此擔心。

坦白講，我很慶幸自己沒被髮神的體液潑到。

「（但導師的肌肉看起來一點都沒減少……）」

那些頭髮和鬍鬚到底是怎麼長出來的，因為算是某種魔法藥，所以或許能夠無視物理法則。

導師平常吃很多肉，營養來源也可能是那裡。

「本來是希望今天就能結束……」

雖說是偶然，但導師順利取得髮神的體液還是造成不好的影響。

來保羅哥哥的領地住宿的冒險者逐漸增加……

『主公大人，您還是再多搜索幾天比較好……』

羅德里希透過魔導行動通訊機和我聯絡。

那些大貴族似乎又開始施壓，要我們找久一點。

鮑麥斯特伯爵家也因此承受了前所未有的壓力……

頭髮真的好恐怖。

「如果將來我的頭髮變少，是不是也該理光頭？」

「這怎麼行？您可是鮑麥斯特伯爵大人啊。」

這麼說也對，這種時候果然還是平民比較輕鬆。

但總是戴著帽子或一看就知道的假髮，感覺也不太妥當……

其他的貴族們大概也是這麼認為，所以才會對我施壓……

「那麼，該怎麼辦？」

「只能耐心地繼續監視了！」

「真沒辦法……」

在這之後，最近頭髮狀況不太妙的奧特瑪先生開始動員領民，在保羅哥哥領地那邊的森林裡張設網子和陷阱。

不過髮神就是因為不會中這種陷阱，才會這麼難抓……

「再多增加一點網子和陷阱！加強監視，一點細微的變化都別放過！」

保羅哥哥的侍從長奧特瑪先生活用他的經驗和地位，拚命想要抓到髮神。

「那個……保羅哥哥？」

我向看著奧特瑪先生那樣，嘆息的保羅哥哥搭話。

「那傢伙真的很拚命，甚至還煽動領民，告訴他們只要取得髮神的體液就能一夜致富。還跟我說能獲得開發資金……」

儘管有著冠冕堂皇的理由，但大家都知道他其實是想讓逐漸變少的頭髮起死回生。

知道歸知道，大家還是不忍心戳破他。

「關於這件事，我也無法對奧特瑪說什麼。感覺有點可怕……」

保羅哥哥的表情看起來已經死心，只想等這場髮神騷動落幕。

「明明不過就是個生髮劑……」

雖然艾爾這麼說，但那是因為我們都沒有頭髮方面的困擾，對有困擾的人來說，這可是非常切實的問題。

而且他還是多注意自己的發言比較好。

「艾爾文！什麼叫不過就是個生髮劑！那是一定能讓頭髮起死回生的奇蹟魔法藥！只要順利取得，一定能大幅帶動鮑麥斯特準男爵領地的發展！畢竟那可是價值連城啊。唉……雖然為了保險起見，我是打算先試用一點……因為必須確認有效才能賣……總而言之！艾爾文將來會成為鮑麥斯特伯爵家的重臣，所以最好捨棄這種想法！」

艾爾被奧特瑪先生抓住，接受漫長的說教。

＊　＊　＊

「話說我們已經找了一個星期……」

「感覺好像很漫長……又好像很短……」

看來導師真的只是運氣好。

在那之後就連髮神的目擊報告都沒有，所有人都失去了幹勁。

這也是理所當然。

因為大家都只是在自己負責的地方監視。

冒險者當中也有許多人已經死心，參加髮神搜索行動的人逐漸減少。

「老師，都找不到呢。」

「好無聊喔。」

「除了監視以外什麼都不能做，真是太難受了。」

除了艾格妮絲、辛蒂和貝緹以外，其他為了賺外快而來參加搜索的學生也都很無聊。

儘管以年輕人來說，他們已經算很會忍耐，但終於還是到極限了。

「都沒有新的目擊報告，今天還是先到此為止吧。」

「贊成！」

我一宣告今天的髮神搜索行動終止，布蘭塔克先生就立刻贊成。

「布雷希洛德藩侯都沒說什麼嗎？」

「怎麼可能會說什麼。即使髮神被人目擊，十次也只有一次能取得體液。我們家那個現實的老爺才不會這麼不切實際。而我之所以被派來這裡只是為了事後有理由開脫。其實王都那些人應該也放棄了。」

雖然這樣講有點過分，但我們也投入了許多資金。

不可能一直這樣下去。

艾格妮絲他們的打工費和住宿費也是由我負擔。

雖然關於住宿費，保羅哥哥有幫我們打一點折，但如果是地位較低的貴族，根本就無法承受至今支出的經費。

原來大貴族平常要花這麼多錢在交際上。

「我也沒那麼空閒。」

像布蘭塔克先生這種等級的魔法師，居然只是被派來監視不曉得抓不抓得到的生物。

即使是必要的交際，光是為了顧慮王都那些頭髮稀疏的貴族，就讓布雷希洛德藩侯背負了沉重的負擔。

他應該很想快點讓布蘭塔克先生回到原本的崗位吧。

「為了以防萬一，我姑且做了這個東西。」

我拿出一個網眼很小的魔法網給布蘭塔克先生看。

「做得真精緻，但其他魔法師當然也有想過這招。」

「我想也是。」

用魔法網捕捉髮神。

可以說是一種相當老套的手段。

「在張開那個網子前，髮神就逃跑了。」

「既然如此，就只能事先用網子設陷阱……但髮神中陷阱的機率應該很低吧。」

在那之前，如果真的要四處設置魔法網並維持效果，不管有再多魔力都不夠用。

魔法網的優點是比普通的網子細，而且我還能讓網子的顏色變得接近透明。

「我再把網眼弄小一點。」

「小到這種程度，就算是髮神，應該也逃不掉吧？」

「咦？為什麼講得這麼不確定？」

「畢竟沒有人見過髮神的真面目。據說牠能自由變形，甚至能夠穿過網眼逃掉，但這些都只是謠言和傳說。」

能夠自由變形，甚至穿過網眼？

如果這是真的，那魔法根本就沒機會派上用場。

「這張網也沒用嗎？我本來打算像這樣掛在頭頂，等抓到髮神後，就在底下拿一個壺接體液。」

我從魔法袋裡拿出一個大壺，用雙手捧著給布蘭塔克先生看。

「這壺還真大。至今一次最多也只能採到十人份的體液。」

導師運氣好回收了二十毫升，這大約是一個人的分量。

我準備的壺以前是用來裝鹽，所以最多可以裝到二十公升。

「伯爵大人，你也太貪心了。」

「用大一點的壺，會比較方便接體液……」

「髮神出現了！」

就在我們討論這些事情時，從不遠處傳來髮神現身的報告。

我正想要反應，一陣風就從我頭上吹過。

「這次也來不及！」

我本來以為又要被牠逃掉，沒想到開始有大量液體從天而降。

「伯爵大人！」

就在我連忙想做些什麼時，那些液體已經全落在我手上的壺裡。

因為壺突然變重，我趕緊用魔法強化身體，避免壺掉到地上。

「突然下雨了嗎？」

「不對，那是髮神的體液。這附近根本就沒下雨。」

這個出乎意料的幸運，讓我獲得了大量髮神的體液。

「不過這是為什麼呢？」

「只能說是碰巧吧。」

因為獲得大量想要的東西，今天的搜索行動就此結束。

我們先回保羅哥哥家，確認壺內的液體。

「一裝進壺裡就突然變很重，害我以為會灑出來。」

「畢竟幾乎都裝滿了。」

壺內的髮神體液有將近二十公升。

二十公升就是兩萬毫升，既然一人份是二十毫升，這裡應該有一千人份。

「真是不得了的量！」

導師也對壺內的大量髮神體液感到驚訝。

「不過為什麼能取得這麼多？」
「一定是碰巧吧。」
根據布蘭塔克先生的推測，髮神應該是剛好通過我頭上的魔法網。
髮神能夠自由變形，但我試做的網子太細，如果想通過那裡就必須去除體內的水分……也就是這些體液，所以才能擠出這麼多。
「原來如此。那麼，確認過是真貨了嗎？」
「應該是真貨……」
「太好啦——！」
奧特瑪先生不顧旁人的眼光，在我們旁邊大聲歡呼。
我們用奧特瑪先生進行實驗……不對，應該說試用，在他頭上塗了些體液，接著他的髮量就大幅增加，原本稀疏的頭頂也完全恢復了。
因為就連髮根死掉的區塊也有長出頭髮，所以這個髮神體液是真的有效。
用在導師身上只能促進頭髮和鬍鬚的成長，我本來還擔心沒有這種效果。
「既然如此，對我們來說就有點可惜呢。」
我並不是在保羅哥哥那邊的領地採取到髮神體液。
不然他就能分到三成的利潤，確實是有點可惜。
「算了，反正我們這邊也有賺到。」

因為淘金潮——應該說髮神潮聚集的冒險者，為保羅哥哥的領地帶來住宿和餐飲的商機，讓他大賺了一筆。

「而且對像我這樣的小貴族來說，有這種東西只會徒增麻煩。」

為期一個星期的搜索行動結束後，我們總算順利回到鮑爾柏格。

「親愛的，您回來啦。」

艾莉絲出來迎接後，我總算開始有回到家的感覺。

我前往客廳想看看大家，然後發現伊娜她們似乎正在商量什麼事。

「伊娜，怎麼了嗎？」

「沒什麼大不了的，我們只是在商量要不要剪頭髮。」

「咦？為什麼？」

「你不知道嗎？懷孕時，營養都會跑到小孩那裡，讓髮質變差。所以我打算等小孩出生後，再重新留長。」

「是這樣嗎？」

坦白講我是第一次聽說。

當媽媽還真是辛苦。

但難得留到這麼長，剪掉實在太可惜了……

「我原本就是短髮所以不用剪，但其他人就沒辦法了。」
除了短髮的露易絲以外，其他人似乎都想剪頭髮。
「我的髮型最近有點塌，色澤也變差了，所以這也無可奈何。」
就連對貴族髮型十分執著的卡特琳娜，都因為髮質逐漸變差而感到困擾。
最後還做出不得不剪頭髮的結論。
她的頭髮色澤確實有點變差……縱捲髮也不像平常那麼蓬鬆。
女性一懷孕就會遇到許多問題呢。
這是沒生過孩子的我無法體會的辛苦。
「威德林，頭髮可以等孩子出生後再重新留長，所以你不用太在意。」
「是這樣沒錯啦……」
泰蕾絲似乎也決定把頭髮剪短。
只要髮型好看，我也不會那麼在意頭髮長短，但大家一起剪短還是讓人覺得有點落寞。
「雖然這個髮型已經留很久了，但這也無可奈何。」
對總算能當媽媽的莉莎來說，現在不是拘泥於髮型的時候。
「可是……」
我比較喜歡大家目前的髮型。
但這樣就必須另外護髮。

而且這也不是換好一點的洗髮乳或護髮產品就能解決的問題……不對，等一下。

我這裡不是有個好東西嗎？

「鏘鏘——！這是這次的成果，髮神的體液——！」

我將手伸進壺裡沾了一些髮神體液，在艾莉絲的頭髮上塗了薄薄的一層。

接著她的髮質明顯開始變好。

艾莉絲懷孕前的美麗金髮又復活了。

「喔喔！有效耶！那麼，接下來換……」

「「等等！」」

就在我準備替伊娜的頭髮塗髮神體液時，艾爾和布蘭塔克先生跑來阻止。

「咦？為什麼？」

「呃，伯爵大人，你那樣用太浪費了。」

「一點都不浪費。你看艾莉絲的頭髮變得這麼漂亮。」

身為一個丈夫，當然會希望妻子漂亮一點。

而且這些髮神體液是我採到的。

要怎麼用都隨我高興吧。

「艾莉絲姑娘她們的頭髮，等生產完後就會恢復吧，但那些魔法藥，可是王國內那些再也長不出頭髮的人最後的希望，還是別太浪費比較好！」

「就說這不是在浪費了。艾莉絲她們的頭髮會變漂亮吧。」

「啊——！」

看來我和布蘭塔克先生無法取得共識。

「雖然是出於偶然，但既然是我採到的東西，用一點應該沒關係吧。」

「伯爵大人，要是被人知道你這樣使用髮神體液，事情就不妙了。」

「放心啦，我不會告訴別人。」

雖然我取得髮神體液的消息已經傳到外界，但沒有人知道我採了多少。

「而且比起治好陌生人的稀疏頭髮，我更想看到艾莉絲她們的頭髮變漂亮。」

「威爾，你居然若無其事地說出這種殘酷的話……」

艾爾不知為何感到非常傻眼。

但比起讓頭髮變茂密的大叔或老人開心，還是讓每天都會見面的艾莉絲她們變漂亮，對我的精神衛生比較好也是事實。

「我也這麼認為，但這麼做等於是和那些頭髮稀疏但身分地位很高的人為敵啊！」

如果被那些人知道我把髮神的體液用在艾莉絲她們身上，導致能用的分量變少會發生什麼事？

布蘭塔克先生表示這樣我會被那些因此蒙受損害的貴族怨恨。

「布蘭塔克先生。」

「什麼事？」

「請幫我保密。」

「可惡，居然讓我背負這種無聊的祕密。」

我繼續做剛才被打斷的事情。

替伊娜塗了髮神的體液後，她那宛如火焰般鮮紅的秀髮就復活了，露易絲、薇爾瑪、卡特琳娜、泰蕾絲、卡琪雅和莉莎的頭髮也接連變得和以前一樣漂亮。

不愧是傳說中的魔法藥。

話說如果把這個帶回地球，感覺有錢人應該會願意花大錢買。

「亞美莉大嫂也要塗嗎？」

「我沒懷孕，所以不用了。」

「有需要再跟我說吧。」

「雖然我很感謝你的心意，但布蘭塔克先生的臉都綠了。」

「我是覺得用一點也沒關係……」

讓艾莉絲她們的頭髮恢復後，我將裝了髮神體液的壺收進魔法袋。

「老公，正門那裡好刺眼。」

「卡琪雅的嘴巴也滿壞的。」

「女冒險者都是這樣啦。大姊頭以前也很誇張。」

「我無法否認……但卡琪雅也要稍微改一下。」
「大姊頭，這太困難了。」
幾天後，鮑麥斯特伯爵官邸前面聚集了許多刺眼的人。
而且刺眼到讓人眼睛都花了……看來我也沒資格說卡琪雅。
莉莎只要沒化妝和穿那套衣服，講話就會變得彬彬有禮，所以建議卡琪雅也要改掉平常的說話方式。
雖然卡琪雅本人似乎有著莫名的堅持，所以委婉地拒絕了。
「這幾天聚集了好多人……」
「髮神的體液要價不菲，所以自然只有大貴族和大商人買得起，可不能小看他們蒐集情報的能力。」
「為了避免錯過一定有效的魔法藥嗎？」
「沒錯。」
因為是髮神的體液，所以嚴格來講不算魔法藥，但因為效力強大，所以仍被當成魔法藥。
真正的魔法藥是由專家調配。
只要具備相關知識，即使不是魔法師也能調配，但有些藥最後必須灌注魔力，所以還是魔法師比較有利。

因為魔法道具、魔法藥和魔法師方面都需要人力，才導致魔法師嚴重不足。

但以個人身分調配魔法藥的人不多，大部分都是僱用具備相關知識但並非魔法師的藥師開設調配工房。

當然，也有藥師公會。

不過魔法藥也有絕不外傳的配方，是採取徹底的祕密主義，所以遠比魔法道具工房低調。

順帶一提，生髮劑很賺錢，市面上也有許多種類。

魔法藥的價格都相當昂貴，但有沒有效就不知道了？

因為有些藥是如果髮根還在就有效，所以也不全都是騙人的，但有頭髮問題的人也不能一次買很多種藥，只能不斷反覆嘗試。

「我之後也調查了資料，上次取得髮神體液，是三百二十四年前取得的二十四人份。」

莉莎意外地擅長解讀古文書。

雖然以前的人也是使用相同語言，但太舊的古書和資料都寫得非常潦草或模糊，像我們這種一般人通常看不懂。

因為其他工作太忙，所以我一直沒空解析師傅留下的文獻，但莉莎在懷孕不方便行動時，幫我進行了解讀和翻譯，真是幫了大忙。

「那不是停戰前一百多年的事情嗎？」
難怪大家會這麼拚命。
我取得髮神的體液後，想要的人就都聚集過來了。
在陽光的照耀下，他們的頭正在閃閃發光。
「所以就叫你別把這麼貴重的藥用在妻子的頭髮上了。」
「這點程度的任性，你就睜一隻眼閉一隻眼吧。該不會布雷希洛德藩侯私底下也有頭髮方面的困擾……」
「才沒有。但我家老爺要是知道伯爵大人盜用了髮神的體液，一定會很生氣。」
「什麼盜用……明明是我採到的……」
而且效果不只如此。
大家的髮質恢復後，在懷孕期間也一直維持漂亮的頭髮。
我覺得這是一件很棒的事。
「雖然髮神的體液目前確實是歸伯爵大人所有，但你看看外面那些人瘋狂的眼神。要是沒處理好，可是會引發暴動。」
想取回自己一輩子的朋友。
為了這個目的，他們會毫不猶豫地擊倒其他競爭對手。
大家的友情都像以前的○ump 漫畫一樣深厚呢。

「聽起來真可怕……」

「人類自古以來，就不斷為了金錢、權力、女人和頭髮展開流血鬥爭！」

「導師，最後一個也太奇怪了吧？話說你的髮型還沒恢復啊……」

導師今天也來了，但他仍留著及肩的長髮和仙人般的鬍子。

因為不是平常的鳳梨頭和翹八字鬍，艾莉絲一開始也驚訝到說不出話。

其實我和布蘭塔克先生也還沒習慣。

他早上突然跑來打招呼時，我還忍不住動搖了一下。

「在髮神體液的效果消失前，每隔一兩天就要整理一次頭髮實在太麻煩了，所以就乾脆維持現狀，其實在下早上已經先剪了不少。」

如果是沒有頭髮問題的人碰到髮神的體液，接下來的七到十天，頭髮都會過度生長。

但只要過了這段時期就會恢復，所以導師打算之後再把髮型換回來。

不然每天都得剪頭髮，他應該是覺得這樣很麻煩吧。

「我要發問！」

「艾爾同學，請說。」

「請問髮神體液的行情價是多少？」

「「「「……」」」」

艾爾這個理所當然的問題，讓所有人都陷入沉默。

畢竟誰也不知道絕對有效的生髮劑到底值多少錢。
「呃……莉莎，以前的資料有記載嗎？」
「一人份大約是一千萬分。」
「好貴！」
只要一抹就必定能讓頭髮起死回生。
雖然我也覺得是很厲害的藥，但再怎麼說也不過是生髮劑。
換算成日幣大約是十億圓，怎麼想都太不正常了。
買的人一定是大貴族吧。
不如用那筆錢振興領地的產業……但領主是那塊領地的招牌。
可以的話，當然還是有頭髮比較好吧？
「如果是我，會願意付這個金額嗎？」
關於這點，可能要等自己的頭髮真的變稀疏後才會知道……
我現在只覺得「不過是頭髮……」，但這或許是擁有者的傲慢。
「威爾，外面那些刺眼的人要怎麼處理？」
許多大貴族沒預約就跑過來，所以屋外的街道都塞住了……
這樣會妨礙到建設工程……
「這次採到很多，乾脆直接一人份賣一百萬分吧。」

即使如此，換算成日幣還是有一億圓。

普通人應該是買不起。

「這樣也會有人死心回去吧。」

如果一一聽他們陳情，那有多少時間都不夠用，所以我們開始個別販賣一人份的髮神體液。

雖然必須優先賣給當初有寫委託書的貴族，但上面並沒有記載價格。

唉，賣一樣的價錢就行了吧。

我已經懶得跟他們議價了。

還有就是太刺眼了。

「鮑麥斯特伯爵，你真是做得太好了！」

「一百萬分！好便宜！太便宜了吧！」

「請務必賣給我！」

「我要取回我的頭髮！」

可怕的是，聚集在屋外的人們全都不覺得髮神的體液很貴。

大家都用現金支付，然後立刻將髮神的體液塗在頭上。

接著，無論是再怎麼誇張的禿頭，都立刻重新長出頭髮。

不管看幾次，效果都非常驚人。

「太好啦！總算在死前讓頭髮恢復了！」

當中甚至還有明顯超過八十歲的老人，就算什麼時候駕鶴西歸都不奇怪，他似乎還是覺得有頭髮比較好。

即使是白髮，他還是順利重新長出頭髮，並不顧自己的年齡開心地歡呼。

「威爾大人，變得不刺眼了。」

「薇爾瑪，噓——」

「噓——」

將髮神體液賣給現場的所有人後，就沒有剩下庫存了。

雖然是碰巧取得的東西，但能讓艾莉絲她們的頭髮變漂亮，並拯救不少有頭髮問題的人真是太好了。

感覺就像是做了許多善事。

而且還大賺了一筆。

「話說導師，你的髮神體液要怎麼處理？」

「考慮到在下的家族傳統，如果以後不能繼續維持平常的髮型就麻煩了！所以為了以防萬一，就先留著備用吧。」

導師本人打算遵照阿姆斯壯家的傳統，繼續留那顆鳳梨頭。

因為擔心未來頭髮變少後可能無法維持那個髮型，他決定保留那份髮神的體液。

「鮑麥斯特伯爵，你不自己留一點下來嗎？」

「等頭髮真的變少了再說吧。」

雖然我這樣回答導師，但其實我偷偷保留了一些髮神的體液。

這次的事件讓我明白即使只是頭髮，依然不容忽視呢。

第五話　兄與弟，弟與兄

「主公大人，今天希望您能和一位貴族的繼承人見面……」

妻子們的肚子已經變大許多。

我每天都在期待孩子的出生……但同時也擔心生產過程能否順利。

此時，羅德里希突然跑來，說希望我能和某個貴族見面。

「繼承人嗎？」

「因為當家臥病在床，所以是由繼承人代理。實質上就跟當家一樣。」

既然實質上是當家，那如果我不親自見他，就會顯得失禮。

雖然這是地位和面子的問題，但貴族真的有夠麻煩。

「是哪個貴族家？」

「是馬特森子爵家的繼承人。」

「這樣啊。」

雖然我就算聽了也不知道是誰……

我的腦袋還比較偏向日本人。

如果貴族的姓氏是近衛、武者小路或今出川之類的，或許會比較好記。

說到這個，雖然瑞穗有武士，但沒有會在句尾加上「是矣」，或是像電視劇裡那樣將皮膚塗白牙齒染黑的官僚呢。

幸好沒有，不然我可能會失禮地笑出來。

「希望您能跟他應酬個三十分鐘。」

「這點程度應該是還好，但為什麼要這麼做？」

「馬特森子爵領地以石雕聞名……」

無論是橋的欄杆，還是用來標示街道間隔的標誌，上面都會需要精細的石雕，所以非常重要。

雖然現代人或許會覺得「那種東西沒有也不會怎樣，不如說這樣還比較省錢？」，但按照這個世界的常識，沒有似乎會很沒面子。

馬特森子爵領地幾乎都是岩山，不適合發展農業，但他們會將盛產的石材做成石雕賺錢。

所以那裡以優質的石材和技術高超的工匠聞名。

鮑麥斯特伯爵領地也能採到許多能當成建材或石磚的石材。

但缺乏能夠加工石材的工匠。

即使從其他地方挖角，數量還是有限。

最後只能慢慢讓退休的老石匠培養沒有經驗的年輕人。

在新人獨立之前，所有的石雕都必須向馬特森子爵領地購買。
「馬特森子爵那邊也有他們的問題。」
「問題？」
「是的，他們的繼承人紛爭到現在仍未解決。」
這次要見的嫡子，姑且已經被指名為馬特森子爵家的繼承人。
但他似乎有一個側室生的同父異母的哥哥。
「即使如此，頂多也只是個繼承人的候補人選吧？」
這個世界的貴族家也非常重視繼承人。
除非發生什麼極為特殊的狀況，否則繼承人通常都是正妻生下的嫡子。
雖然從布洛瓦藩侯家的例子就能知道，會發生紛爭的時候還是會發生紛爭。
「就是為了杜絕繼承人紛爭，才想讓那位繼承人與身為鮑麥斯特伯爵的主公大人友好對談。」
「要我幫他貼金啊……」
是要對外宣稱「這實質上是兩個當家的會面」吧。
換句話說，就是要我替那個繼承人的正當性背書。
「我大概明白狀況了。那麼，我們這邊應該也能獲得購買石雕的折扣之類的利益吧？」
「是的，這是當然。」
不愧是羅德里希。

看來他有好好為了鮑麥斯特伯爵家的利益，和對方交涉。

我還沒閒到沒有任何代價便跟人見面。

何況羅德里希在這方面比我還要嚴格，不可能會在交涉時失誤。

「坦白講，那個繼承人的風評不怎麼好。」

聽說只要繼承人沒有特別差勁，大部分貴族家都還能把當家當成擺飾，讓親戚和家臣們好好經營領地。

這次應該也是如此吧。

「臥病在床的當家，應該是想替那個笨蛋繼承人增添實績吧。」

這表示羅德里希利用人家的親子之情，巧妙地獲取了利益。

哎呀——交給羅德里希處理真是太輕鬆了。

當個愚蠢的擺飾最棒了。

「預定將在兩小時後會面。」

「我知道了。」

我立刻開始準備會面，但這時候發生了一個大問題。

「親愛的，我和伊娜小姐、露易絲小姐還有卡特琳娜小姐無法一同出席喔。」

「咦？為什麼？」

「因為我們的肚子已經很大了。」

雖然這場會面是用來幫對方貼金，但通常這種時候也會讓夫人一起出席，以強調雙方關係非常親密。

實際上我對馬特森子爵的繼承人根本一無所知。

但艾莉絲表示無法和我同席。

伊娜、露易絲和卡特琳娜也一樣。

「威爾，怎麼可以讓大肚子的妻子和其他人見面呢。」

這與其說是貴族的常識，不如說是這個世界的常識。

我不太懂這個習慣，但讓孕婦和別人見面似乎不太好。

雖然這些都是伊娜告訴我的，但她也不清楚詳細的理由。

好像是孕婦從很久以前就被認為是不潔的存在，或是如果太過勉強她們，很可能會導致流產之類的。

無論理由為何，懷孕後肚子開始變大的艾莉絲她們，從一開始就無法和我一起出席。

「那薇爾瑪呢？」

薇爾瑪的肚子還不怎麼明顯。

她應該可以和我一起出席。

「嗯——有點困難。」

「為什麼？」

「其實我認識馬特森子爵的繼承人。如果和他見面一定會起爭執。」

「會起爭執？」

以前到底發生了什麼事？

「我小時候曾經和當時碰巧待在王都的馬特森子爵的繼承人起過爭執。」

薇爾瑪小時候似乎曾被人嘲弄是「不愛講話又冷淡的噁心鬼」。

男孩子本來就很笨，所以會嘲弄女孩子也很正常，但也可能單純是他性格惡劣。

嗯──真難判斷。

「因為是小時候的事情，所以我也不會有怨言，但見面後或許會起爭執。」

「說得也是……」

話說我得和這種失禮的傢伙見面嗎？

雖然覺得這好像有點問題，我還是輕輕摸了一下薇爾瑪的頭。

「我有點不安……希望那傢伙後來有變成熟……」

「就是因為沒有，才會被評價為笨蛋吧。」

「我想也是……」

薇爾瑪講得非常刻薄，但事情確實是如此。

這讓我感到有些不安。

「既然如此，就只剩下……」
「幸好本宮不用和那種討厭的傢伙見面。」
泰蕾絲當然是不行……
「老公，如果那傢伙很沒禮貌，我一定會馬上回嘴，所以不行吧。」
卡琪雅，就算妳不想出席，用自己容易生氣當理由也太狡猾了吧。
「那就剩下我了？」
「妳應該是最適合的人選吧？」
莉莎不僅最為年長又見過世面，而且只要沒化妝和穿那套衣服，就不會擔心她會失控。
她應該能好好扮演貴族的妻子。
「話說為什麼我非得擔心這種事情不可？」
「嗚嗚……雖然是必要的安排，但真是非常抱歉。」
站在羅德里希的立場，應該是擔心如果對方做出意料之外的對應，可能會導致石雕斷貨，所以才安排了這場會面，但他好像也逐漸感到不安。
「如果莉莎小姐要出席，那就讓我以女僕的身分陪在她身邊，這樣應該能讓場面溫和一點吧？」
亞美莉大嫂，我非常能夠理解妳的意思。
女性多一點或許會比較安全。
「說得也是，那就麻煩妳了。」

「不過……我有種不好的預感。」

雖然我也有這種感覺，但後來果然應驗了。

「初次見面，我是被指名為下任馬特森子爵的阿爾班。」

「（被指名？啊，是臥病在床的父親吧……）我是鮑麥斯特伯爵。」

到了會面時間，我和馬特森子爵的次男繼承人見面。

他的年齡大概是二十歲上下。

雖然他的外表看起來就是個貴族的大少爺，但目前還沒什麼奇怪的地方。

只是按照社交辭令，正常地和我打招呼。

「請坐。」

「非常感謝。」

我們互相打完招呼後，一同入座。

我向他介紹一同出席的莉莎，然後她也到我旁邊坐下。

相較之下，阿爾班並沒有帶妻子過來。

好像是父親的病情不太樂觀，所以他一個月後就會正式繼承當家的位子，到時候才要和未婚妻舉辦婚禮。

同時繼任當家和確定婚事，是想對領民和家臣示威吧。

「雖然只是粗茶，但請用。」
亞美莉大嫂謙虛地說道，但其實這是跟赫爾曼哥哥買的森林瑪黛茶，所以是高級品。
聽說王都鮑麥斯特家在人手變多後，得以強化森林瑪黛茶產區的警備，於是那裡的樹木和茶葉的產量自然也跟著增加了。
我們跟他們進了一些貨，用來招待重要的客人。
「真是不錯的瑪黛茶，是森林瑪黛茶吧。」
為了支援莉莎而打扮成女僕的亞美莉大嫂，替所有人倒瑪黛茶，阿爾班僅靠茶香就察覺這是森林瑪黛茶。
畢竟是貴族子弟，所以應該很懂高級食材吧。
「對了，請問這位是？」
「啊，只是我的隨從，請別在意。」
阿爾班帶了一個年輕的隨從。
我一開始以為只是管家或隨從，但這位年輕男性長得和阿爾班有點像。
該不會就是傳聞中的那位同父異母的哥哥吧。
「（性格真差勁！）」
明明不缺隨從，卻刻意指名異母哥哥見證與我的會面，是想藉此讓對方放棄當家之位吧。
等一下。

既然如此，該不會這位異母哥哥其實是個很有野心的年輕人吧？

雖然不曉得詳情，但總之會面就此開始。

「感謝你們總是幫忙提供石雕給鮑麥斯特伯爵家。」

「我們這邊才該道謝。多虧鮑麥斯特伯爵領地的惠顧，我們領地的經濟狀況也好轉了。」

這麼說也有道理。

我們這邊一直在鋪路建橋，所以需要大量石雕。

「聽說夫人們也即將臨盆。」

「是的，雖然我有點擔心她們能否順利生產。」

「我也即將與未婚妻結婚，等妻子懷孕後，或許就能體會鮑麥斯特伯爵的心情了。」

「（咦？）」

我差點忍不住發出驚嘆。

阿爾班明明是個公認的笨蛋，但實際談過後，卻發現只是個普通人。

為什麼會有那樣的傳聞呢？

「鮑麥斯特伯爵家是鮑麥斯特伯爵大人親手建立的新興貴族家，所以孩子多一點比較好呢。」

「嗯，這我有在注意。」

「話雖如此，如果再娶更多妻子，或許會影響與布雷希洛德藩侯這位宗主之間的平衡。」

「喔……」

雖然聽說是笨蛋，但這個叫阿爾班的年輕人，似乎有好好調查過我家的狀況。

儘管不曉得是不是自己派人調查，但他確實掌握了會面對象的情報。

「在這種情況下，就只能靠地下情人了。雖然不會被當成正式的妻子或伴侶，但只要能生小孩就好。」

「喔……」

唉，我最近也常聽說這類的事情。

雖然羅德里希幫我擋了下來，但有許多人都想成為我的地下情人。

話說回來，這個人明明還未婚，卻這麼積極地談論這種話題。

而且根據羅德里希的說法，我現在並不適合找這種對象。

『雖說是地下情人，但仍是貴族家的千金，如果有了小孩，那孩子的親戚或許會公開向我們索求利益。既然如此，還不如一開始就直接認領子女。所謂的地下關係，根本就是詐欺。』

好事背後通常都有蹊蹺。

雖然對我來說根本就不是什麼好事。

而且我的小孩可能會成為魔法師，不對，根據厄尼斯特的說法，是一定會成為魔法師。

如果被發現那些情人的小孩都有魔法師的資質，事情又會變得更麻煩。

「不，我現在妻子已經夠多了。」

大家都很年輕，只要一個人生三個小孩就夠了吧。

而且這又不是「平成大家族的紀實節目」，如果真的生那麼多小孩，光是記長相和名字就很困難。

「請別這麼說，其實我想推薦兩位女性給您。」

我總算明白為什麼這傢伙會被當成笨蛋了。

這傢伙並非那種明顯的笨蛋，而是無能又愛惹事。

明明只要和我見面並開心地聊一下天就能完成任務，卻因為貪心而想做些多餘的事情。

這種人無法一看就知道是笨蛋，所以才難搞。

「不，關於這方面的事情……」

「別這麼說，兩位都是不會有後顧之憂，年輕又健康的女孩。只是因為家世不太好，所以平常就當成女僕使喚吧。」

阿爾班像是認為自己的策略已經成功般開心地說道，但比起這個，我注意到站在他後面的異母哥哥表情明顯大變。

雖然愚蠢的阿爾班沒有發現，但他的異母哥哥一直狠狠瞪著他。

「……」

那個人一察覺我的視線就立刻收起表情，但由此可知那兩個女孩應該是阿爾班的異母妹妹，也就是背後那位異母哥哥的親妹妹吧。

原來如此，看來阿爾班是想把礙事的異母妹妹推給我，如果兩人順利生下我的子嗣，他就能以親戚的身分獲利。

但這點程度的計策連我都看得出來……

居然會覺得這是個妙計，看來他果然如薇爾瑪所說是個笨蛋兒子。

「該不會是阿爾班大人的妹妹吧？讓那麼尊貴的人當我的情婦，未免太失禮了。」

阿爾班似乎沒想到會被我看穿而露出驚訝的表情，但事情早就全都寫在他的臉上。

雖然只有一瞬間，但這傢伙在提到情婦的事情時，還特地朝背後的異母哥哥露出像在說「知道厲害了吧」的視線。

話說別把我扯進馬特森子爵家的繼承人糾紛啦。

「雖然確實是我的妹妹，但母親身分卑微。而且兩人還很年輕，一定能生下很多孩子。請用來取代同席的那兩位吧。」

「取代？」

「像她們那樣的老女人，應該無法替鮑麥斯特伯爵大人生孩子吧。」

這傢伙似乎只要一失敗和動搖，就會想要奮力挽回。

明明只要照一開始的劇本走就能讓事情順利落幕，卻無視自己的無能硬要擅自行事，所以才會失敗。

他的意思是已經年近三十的莉莎，和幾乎被我當成妻子看待的亞美莉大嫂年紀都太大了，所以應該找年輕人取代她們——但正常人會在本人面前這樣說嗎？

儘管正式的排序不高，但莉莎是以我妻子的身分同席。

雖然對外的說法只是侍女長，但我實質上將亞美莉大嫂當成妻子看待，而這個男人居然蠢到在本人面前說她們的壞話。

連背後的異母哥哥都露出像在說「真是難以置信！」的表情囉。

看來他非常清楚我家的狀況。

啊，不過阿爾班也知道吧。

「阿爾班大人，你到底是來幹嘛的？」

「當然是想來加深我與鮑麥斯特伯爵大人的關係。」

這傢伙說這些話是認真的嗎？

大概是認真的吧……

看來他只有一開始表現得很正常，之後馬上就露出馬腳了。

「我實在不這麼認為……你知道為什麼嗎？」

「鮑麥斯特伯爵大人，我們不是很像嗎？」

喂，你這是在忽視我的問題吧。

雖然我也不是特別能幹，但至少還比你強吧。

「我們很像？」

「沒錯。你排除了礙事的哥哥，當上鮑麥斯特伯爵。我也將取代背後的異母哥哥丹尼斯，成為馬特森子爵。雖然我們都是弟弟，但這是繼承了高貴血統者的義務。儘管領地內也有支持丹尼斯的人，但我才不會屈服於他們的壓力！」
他好像開始進行選舉演講了。
比起這個，居然說我是殺了哥哥後才當上鮑麥斯特伯爵。
即使從結果來看是這樣沒錯，就算因此背負弒兄的汙名也無可奈何。
但拜託別把我當成你的同類。
就在我愈來愈生氣時，突然有人輕輕拍了我的肩膀。
莉莎和亞美莉大嫂阻止了我，想讓我冷靜下來。
我本來想直接用魔法把阿爾班打飛，但這樣實在不太妥當。
「咿呀！」
阿爾班結束那場蹩腳的演講後或許是口渴了，開始喝起變冷的瑪黛茶。
但他突然發出奇怪的聲音，弄掉了茶杯。
「（莉莎，幹得好。）」
不愧是暴風雪莉莎，她偷偷將阿爾班杯子裡的瑪黛茶冷卻到快凍結的程度。
他是被冰冷的瑪黛茶嚇了一跳吧。
這種精密的魔法控制能力，是莉莎這樣的老手最擅長的招式。
因為她將魔法的有效範圍限縮在茶杯裡的瑪黛茶，就連我都沒察覺她用了魔法。
「客人，您還好吧？我馬上幫您重泡一杯。」

亞美莉大嫂趕緊收拾掉在地上的杯子和灑落一地的瑪黛茶，用新的杯子替阿爾班重倒了一杯茶。

「女僕！這杯瑪黛茶是熱的吧？」

「是的，我重泡了一杯。」

「這樣啊！」

才剛被接近零度的瑪黛茶嚇了一跳的阿爾班，急忙想喝杯熱茶溫暖嘴巴。

「好燙！」

然而，他這次是用冰冷的嘴巴喝剛泡好的瑪黛茶。

所以喝起來感覺比平常還要燙，讓他再次被嚇得弄掉杯子。

「太燙了吧！」

「因為才剛泡好。」

亞美莉大嫂冷靜地回應阿爾班的抗議，但實際上隨著時間經過，茶壺裡的瑪黛茶應該已經下降到能入口的溫度。

當然，這次也是莉莎將茶加熱到剛泡好的溫度。

亞美莉大嫂發現莉莎巧妙的惡作劇，所以才立刻幫他倒一杯新的茶。

「我可是即將成為馬特森子爵，妳這樣未免太失禮了！」

「我本來正想提醒您茶剛泡好還很燙，最好放涼一點再喝，真是非常抱歉。」

亞美莉大嫂立刻向阿爾班道歉。

但即使是貴族，只因為茶太燙就斥責女僕，還是顯得器量狹小。

而且端出來的又不是剛煮滾的瑪黛茶。

這點程度的事情，應該可以自己確認。

「我可是知道妳是誰！妳是因為愚蠢的丈夫想殺害鮑麥斯特伯爵但自取滅亡，所以才成為情婦贖罪吧！哼！當哥哥的都不是什麼好東西！總而言之！像妳這種老女人，別想繼續待在鮑麥斯特伯爵身邊！」

這傢伙胡言亂語的狀況愈來愈嚴重了。

因為自己的計畫進行得不順利，所以這個貴族大少爺忍不住暴怒了。

「鮑麥斯特伯爵大人，請找其他情婦取代這兩個人吧！」

明明剛才還氣成那樣，結果他馬上又開始笑著提出剛才的情婦話題。

背後的丹尼斯已經傻眼到仰望天花板了。

大概是覺得沒救了吧。

的確，如果我有這種弟弟，也會不曉得該怎麼辦。

我本來還在想丹尼斯怎麼不阻止他，但就算這麼做也只會火上加油吧。

阿爾班這個人看起來沒什麼耐心。

「嗯——一定要我講得這麼白嗎？」

「講白一點？您的意思是願意接收我的妹妹嗎？」

到底要怎麼想才會做出這樣的結論？

我很在意這傢伙毫無根據的自信是打哪兒來的。

「怎麼可能！居然敢挑我老婆的毛病！我要和你斷絕關係！不准再來我家了！」

「什麼！您怎麼可以這樣講？這樣以後我們就不賣工程用的石雕給您囉！」

「吵死了！就算沒有那種東西，橋也不會斷！路也還是能走！你這個笨少爺馬上給我滾！」

「可惡的傢伙！我一定會讓你後悔！」

本來只是要和貴族的繼承人見一下面，結果最後是以大吵一架落幕。

雖然我這麼快就生氣也不太好，但人活久了就是會遇到這種事。

而且這都要怪對方。

「什麼……居然徹底斷絕了關係……」

「羅德里希，謝謝你介紹這麼有趣的人給我認識。」

「……」

我將事情的經過告訴大家後，羅德里希就變得啞口無言。

比起對我的埋怨，他似乎更驚訝阿爾班居然蠢到這種程度。

「所以他們不會再賣石雕給我們了。」

「真是令人困擾。」

「是嗎？」

我是覺得就算橋的欄杆和街道標示上沒有石雕，也不會有人困擾。

除非那個石雕有什麼魔法效果，否則橋也不會因此就斷掉。

當然，這個世界並沒有那種石雕。

或許古代會有呢。

「雖然鄙人也這麼覺得……」

看來羅德里希還很難擺脫這個世界的常識。

像我這樣的大貴族，領地內的橋和街道應該要有精緻的石雕，這樣的常識依然束縛著他。

「總而言之，我不想再和那種若無其事地叫我用他的妹妹，代替莉莎和亞美莉大嫂當情婦的傢伙有任何來往。」

平常貴族的限制已經讓我夠辛苦了，我才不想花時間理會那種笨蛋中的笨蛋。

「而且我本來就不可能接受這種提案……」

如果我答應了他的條件，其他貴族一定會接連提出相同的建議。

羅德里希再次對阿爾班的愚蠢感到傻眼。

「那石雕該怎麼辦？」

「不能跟其他地方買嗎？」

雖然馬特森子爵領地的石雕確實很漂亮，但又不是只有那裡有生產。

既然對方都說不賣了，就只能跟其他地方買。

「有是有，但無法買到這麼多。」

理由是王國各地本來就經常在施工。

平常也得修理既有的街道標示和橋樑。

在經過了幾十年或幾百年後，石雕也會損壞或風化。

「王國的經濟狀況，正因為受到鮑麥斯特伯爵領地開發的影響而逐漸改善。許多貴族都打算趁這個機會在領地內建設新的街道和橋樑。」

其他有做石雕的貴族領地，也沒這麼容易提升生產量。

所以很難臨時增產。

「先進一點貨蒙混過去，之後再慢慢補上吧。」

嗯，真是個有日本人風格的好主意。

即使本來就沒什麼意義，如果我說要廢止石雕，那些工匠一定會把我當成害他們沒工作的壞人。

等街道和橋樑完工後就先開通，石雕等之後再補上吧。

「話先說在前頭，我絕對不會向對方妥協。」

不僅把我視為妻子的莉莎和亞美莉大嫂當成老女人，還挖掘別人的舊傷。

最後還說自己跟我是同類，我真的覺得阿爾班很有膽識。

「即使現在暫時妥協，一想到未來要跟那種男人來往幾十年，我就覺得討厭。他根本是典型的貴族笨少爺。」
身為一個貴族，我也不想說這種話，但那傢伙真的各方面都太糟糕了。
我一點都不想再看見他。
「說得也是……如果這時候隨便妥協，那種類型的傢伙只會愈來愈囂張……」
要是讓他誤以為自己比較了不起，接下來的幾十年都會繼續擺出那種囂張的態度吧。
長遠來看，還是跟馬特森子爵家斷絕關係比較有利。
「主公大人說的沒錯。鄙人會設法從其他領地進貨。」
羅德里希沒有勉強我和馬特森子爵家修復關係。
大概是覺得聽說了那些傳聞後，還沒看穿阿爾班蠢到這種地步的自己也有責任吧。
「這也是無可奈何。對吧，艾莉絲？」
「是的。」
像他那麼糟糕的人，其實相當罕見。
雖然因為是「貴族的」笨少爺所以特別引人注目，但並不是貴族家的孩子就比較容易變笨。
從機率上來看，因為貴族的兒子通常能靠教育改善，不如說笨孩子的比例會比平民少。
但正因為是貴族，那些少數的笨蛋才會特別顯眼。
「姑且還是說明一下比較好吧。」
「說明？」

「是的。」

於是，隔天我就用「瞬間移動」飛到王都。

今天是亞美莉大嫂與我同行。

莉莎現在懷孕，無法使用「瞬間移動」。

「好久沒來王都了。」

我今天與不是打扮成女僕的亞美莉大嫂，一起去王城見蓋佩爾商務卿。

他最近才新接任商務卿。

是個四十歲左右的微胖男性，給人一種商店街會長的感覺。

「事情就是這樣。」

「又是那個年輕人啊……」

我們一向蓋佩爾商務卿說明狀況，他就開始抱怨阿爾班。

「他經常惹事嗎？」

「沒錯。雖然我不曉得那個年輕人以為自己多了不起，但除了鮑麥斯特伯爵大人以外，他過去也曾引發過好幾次相同的問題。」

說些激怒對方的話，然後一旦起爭執就生氣地丟下「再也不賣石雕給你的領地」走人。

蓋佩爾商務卿已經收到好幾件類似的報告。

「馬特森子爵領地的石雕技術遙遙領先其他人。因為農地不多，所以只能靠加工石材維生……」

馬特森子爵領地以前非常貧困，只要一鬧飢荒就一定會有人餓死。

之所以能成長為富裕的領地，是因為代代馬特森子爵拚命培養石雕工匠，保護他們。

蓋佩爾商務卿表示這絕對不是阿爾班的功勞。

「所以我就說讓丹尼斯繼承就好了！那個笨蛋根本成不了事！」

丹尼斯是之前站在阿爾班後面的那位同父異母的哥哥。

他的評價似乎比較好。

「你真清楚。」

「畢竟我是商務派閥的領導人。比起這個，問題在於馬特森子爵領地。」

無論技術再怎麼好，如果關鍵的新任馬特森子爵是那個樣子，買石雕的客人一定會減少。

一旦石雕工業衰退，馬特森子爵領地又會變得和原本一樣貧困。

「要是發生飢荒，導致難民流入周邊的領地就慘了。何況，石雕和食材不同，本來就不是生活必需品！」

為什麼橋的欄杆和街道標示需要石雕？

這是王國與大貴族為了經濟做出的考量。

如果主張不需要裝那種東西，就無法刺激需求和讓金錢流動。

王國與大貴族不惜增加成本也要將石雕用在橋與街道上，這樣石雕工匠才有辦法生活。

雖然這種東西沒辦法隨便說不要就不要，但如果對方不好好經營導致客人流失，那也是無可奈何的事情。

「鮑麥斯特伯爵領地的開發是王國的重點事項，某種程度上會以速度為優先，如果您想將裝石雕的事情延後，應該輕易就能獲得許可。畢竟即使沒有石雕，橋還是能走。問題在於那個笨蛋！如果一直這樣搞，馬特森子爵領地的石雕工匠就要失業了！」

沒錯，即使不用勉強跟馬特森子爵領地購買石雕，也可以慢慢跟其他領地調貨。

對正在進行大規模開發的鮑麥斯特伯爵領地來說，就算有許多橋與街道沒裝石雕也不成問題。

畢竟就算沒有石雕，也不會造成任何不方便。

「既然鮑麥斯特伯爵大人保證之後會再補上石雕，那我也不會有什麼意見。比起這個，還是馬特森子爵領地的事情比較棘手。」

「他們是你的附庸嗎？」

「要是這樣就好辦了……因為能直接施壓讓丹尼斯成為下任當家。現在只能想其他辦法了……」

會面一下就結束，蓋佩爾商務卿憂心忡忡地離開。

大概是覺得必須想辦法處理阿爾班的事情吧。

「亞美莉大嫂，要走了嗎？」

「好啊。」

我跟埃里希哥哥約好要在他家見面，但離他下班還有一段時間。

於是我和亞美莉大嫂久違地一起去了咖啡廳。
我們換上平民服裝，避免洩漏身分。
「我想點瑪黛茶和今日推薦蛋糕的套餐。」
「我也一樣。」
我和亞美莉大嫂立刻叫女服務生來點餐。
「不曉得周圍的人是怎麼看待我們？」
到底是怎樣呢？
如果是在日本，有像我們這樣年齡差了一截的情侶或夫妻也很正常。
但在這個世界……果然會被認為是姊弟吧。
「應該是姊弟，如果我是大貴族的正妻，那就是年輕的愛人吧？」
聽說有些已經生完孩子的大貴族夫人，周圍總是有許多年輕男性。
偶爾看見上了年紀的貴族女性帶著年輕帥哥一起出遊，通常都是這種狀況。
大概就是類似牛郎的存在吧。
很多貴族丈夫平常也只會陪其他年輕太太或情婦，所以只要那些女性別在外面生小孩，大部分都能獲得丈夫的默認。
雖然我周圍是沒有這種人。
尤其艾莉絲的娘家是教會的人，如果做這種事應該會被譴責吧。

「亞美莉大嫂，我們的年紀沒差那麼多吧。」

「說得也是……那就是姊弟吧。」

應該就是那樣吧。

仔細想想，比起科特這個親生哥哥，我更常和亞美莉大嫂聊天，就算把她當成姊姊也不奇怪。

「威爾，不可以太放在心上喔。」

「不，我並沒有……」

亞美莉大嫂溫柔地開導我。

「那就好，反正都是別人不負責任的意見。」

「嗯……」

亞美莉大嫂似乎是怕我會在意阿爾班之前的無禮言論。

我看起來有很在意嗎？

雖然阿爾班表示自己和我是同類，但我們實在相差太多，讓我一點共鳴也沒有。

就結果而言，我確實是除掉了哥哥。

阿爾班也想除掉他的異母哥哥嗎？

但我們的理由完全不同。

我並沒有在意到會沮喪的程度，但被他這麼一說，確實是讓我有點耿耿於懷。

大概就是這種感覺吧。

「雖然我因此思考了很多，但一定再怎麼想都無法解決吧。畢竟都是過去的事情了。」

「是啊。」

亞美莉大嫂說的沒錯。

阿爾班的話讓我想起許多過去的事情，但想了也無法改變什麼。

一切都已經結束，事到如今也無法改寫結局。

「所以不要太放在心上。」

「嗯。」

亞美莉大嫂的話，讓我覺得輕鬆了一點。

接著，我開始逐漸想對阿爾班那個笨蛋還以顏色。

因為那傢伙居然說亞美莉大嫂是老女人。

「啊，可是……」

「怎麼了？」

「我可能覺得有點愧對亞美莉大嫂、小卡爾和奧斯卡……」

我只是不自覺有這種感覺，但實際說出口後，又覺得自己好像講了很過分的話。

「愧對我們？」

「就結果而言，我還是破壞了一個家庭。」

亞美莉大嫂現在之所以得和孩子分開生活，全都是我的錯。

「原來你是這麼想的啊……但不需要太在意喔。」

「為什麼？」

「雖然是自己的親生孩子，但我也不曉得小卡爾和奧斯卡心裡真正的想法。他們表面上還是很仰慕你。但我也是個過分的女人，因為我對現在的生活很滿意。」

「滿意嗎……」

「周圍的人可能會覺得我是個過分的女人，但我對現在的生活很滿意，所以不用太在意。」

「好的。」

亞美莉大嫂這麼說，讓我再次覺得自己稍微獲得了救贖。

「亞美莉大嫂，差不多該走了吧？」

「說得也是。」

我們離開咖啡廳後，前往王都的某間店。

其實艾莉絲她們拜託我幫忙帶東西回去。

「孕婦用的內衣啊……要不是有亞美莉大嫂陪我，我還真不好意思去拿……」

雖然只有我能去，但我實在不太想進去內衣店……

幸好有亞美莉大嫂在。

「鮑麥斯特伯爵大人，這沒什麼好難為情的。」

「咦！」

我一走進王都知名的高級內衣店，就看見魔導公會研究部門的領導人，盧卡斯．蓋茲．貝肯鮑爾在那裡。

他是個用魔法陣召喚伊娜和露易絲內衣的純粹變態……啊，實際用魔法召喚的人好像是我……

「話說你好像有提過老家是內衣店。」

或許就是因為這樣，他對內衣莫名地了解。

「沒錯。這裡過去是由我哥哥繼承。」

「你今天怎麼會在這裡？」

「我是來幫忙的。」

這間內衣店過去是由貝肯鮑爾的哥哥繼承。

之所以用過去式，是因為他哥哥前陣子突然去世。

而且他沒有自己的子嗣，所以領養了貝肯鮑爾的次男當繼承人。

「儘管新老闆馬上就繼承了他的事業，但年輕人還是遇到了不少問題，所以我和妻子休假時會過來幫忙。」

「原來如此……」

雖然這個人真的很懂內衣，但性格有點變態……

「您是來拿夫人們訂的孕婦用內衣吧？已經做好囉。」

話說這個人居然連我妻子訂了什麼商品都知道。

「訂單很多，我只是碰巧記得。」

說完後，貝肯鮑爾將做好的內衣一件一件攤開，讓我檢查。

該說真不愧是他嗎？

儘管他對待內衣非常細心，但怎麼看都只是個變態大叔。

第一印象果然非常重要。

「這些就是全部了。還要買另一位夫人的份吧？」

「嗯。」

雖然是變態，但貝肯鮑爾真的很會做生意。

他察覺我認為只買其他妻子的內衣，對亞美莉大嫂不公平，於是立刻向我推銷。

「咦……不用替我買啦。」

「沒關係啦。就當作是感謝妳今天陪我來。」

這樣我之後也能看見她穿那件內衣的樣子，誰都不會有損失。

我問貝肯鮑爾有什麼推薦的內衣。

「有幾件可以試穿，但還是交給我的妻子處理吧。喂——！」

「來了——鮑麥斯特伯爵大人，歡迎光臨。感謝您一直以來的光顧。」

因為我也不能看亞美莉大嫂試穿，所以接下來就交給貝肯鮑爾的妻子處理。

這裡也有試衣間，雖然我們看不見，但亞美莉大嫂在那裡試穿了許多件內衣。

「會不會有點太大膽了？」

「像這樣花俏一點，先生也會比較高興。」

「布料太少了吧……」

「夫人，王都現在就流行這種款式。顏色也是今年流行的黑色。」

「黑色嗎？我是比較喜歡白色……」

「如果總是穿同一種顏色，先生也會膩吧。」

光聽就讓人期待……不對。

亞美莉大嫂似乎被推薦了相當大膽的內衣。

「鮑麥斯特伯爵大人，已經選好了。」

「我知道了，麻煩結帳。」

「好的，謝謝惠顧。」

我懷抱著對那件內衣的期待，將錢付給貝肯鮑爾的妻子。

「鮑麥斯特伯爵大人，請再多娶幾位太太，帶她們來這裡買內衣吧。」

然後，貝肯鮑爾的妻子講出讓我大吃一驚的話。

真希望不會發生那種事。

「鮑麥斯特伯爵大人，感謝您的惠顧。」

「先不管這個，之前那個魔法陣後來怎麼樣了？」

我向貝肯鮑爾詢問之前用我的魔力召喚出各種東西的魔法陣之後的進展。

不如說這才是他的本業。

「那種魔法陣需要經過數不清的嘗試與失敗，所以目前完全沒有進展，之後的路還很長。」

即使研究沒什麼進展，貝肯鮑爾看起來還是不怎麼在意。

居然在這種狀況下跑來內衣店幫忙，看來這個人也很不簡單。

「比起這個，夫人。因為胸部和臀部會隨著年紀下垂，今天的內衣附有托高功能。請務必活用……」

「你為什麼每次都要說多餘的話！」

「我還沒下垂到那種程度！」

貝肯鮑爾又開始說些多餘的話，然後被亞美莉大嫂和妻子一起賞了耳光。

果然沒讓這個人繼承內衣店是正確的。

離開內衣店後，正好是埃里希哥哥的下班時間。

我們一到他家，就看到他在門口迎接我們。

「威爾，一直期待你大駕光臨呢。亞美莉大嫂，好久不見了。」

「埃里希大人也變得很出色了呢。」

「是嗎？我自己是沒什麼感覺。」

亞美莉大嫂沒有脫離鮑麥斯特家，所以依然是埃里希哥哥的大嫂。

埃里希哥哥在受女性歡迎方面擁有作弊般的才能，即使久未見面，他依然和亞美莉大嫂聊得很開心。

沒錯，埃里希哥哥是真正的現充。

兩人融洽地對話。

「亞美莉大嫂，聽說又出現一個笨蛋了……」

「是啊。」

埃里希哥哥說的笨蛋，當然是指阿爾班。

「埃里希哥哥，為什麼我身邊總是會聚集一堆笨蛋貴族？」

「威爾，你想聽我認真回答嗎？」

「不用了，我只是抱怨一下。」

每次應付完笨蛋後，我都會這麼想。

為什麼偏偏要來找我？

「抱怨啊……保險起見，我還是要說明一下，我遇到笨蛋貴族的機率其實和威爾差不多喔。」

「機率差不多？」

「沒錯，只是威爾現在要應付的客人是我的一百倍以上。假設每十個人就有一個是笨蛋，這樣我只會遇到一個，但威爾會遇到一百個。機率其實差不多吧？」

雖然大部分都會先被羅德里希過濾掉，但偶爾還是會有漏網之魚。

「馬特森子爵家的次男是個出了名的笨蛋，但長男普遍被認為是個能幹的人。」

站在阿爾班後面的那個叫丹尼斯的青年，似乎是個優秀的人才。

「但家世不好吧？阿爾班本人也是這麼說。」

「其實沒那麼差。」

埃里希哥哥替我們準備了晚餐，所以我們是邊吃邊聊。

「現任馬特森子爵的正妻是來自霍拉德男爵家。」

然而，那個正妻直到將近三十歲都沒有生孩子。

按照這個世界的價值觀，馬特森子爵理所當然會另娶側室。

「丹尼斯大人和兩位妹妹的母親，是王都的貧窮騎士家的八女。」

「八女這部分真是讓人有共鳴……」

因為我是八男。

在這種情況下，通常會把側室生的孩子當成嫡子收養。

然而那位側室才生下丹尼斯沒多久，至今一直沒有子嗣的正妻就懷孕了。

「唔哇，真麻煩。」

站在正妻的立場，當然會希望自己的親生孩子能夠成為繼承人。

打從那個瞬間開始，馬特森子爵家就陷入繼承糾紛。

家臣與領民也分成了阿爾班派和丹尼斯派。

「即使是八女，依然是騎士家的千金，這樣未免把人貶得太低了吧？」

「沒錯。但阿爾班也只有家世這點贏人。」

只差一歲的兄弟就這樣誕生了，但哥哥丹尼斯不管做什麼都很優秀，弟弟阿爾班則是那副德性。

認為丹尼斯比較適合當繼承人的意見逐漸增加。

正妻——阿爾班的母親和一部分的家臣則是大力反彈，而且隨著當家的病情惡化，問題又變得更加嚴重。

「感覺是典型的繼承糾紛……」

「難怪阿爾班會為了確保自己的優勢，不斷貶低丹尼斯的身分。畢竟他也只有這招能用。」

因為丹尼斯在各方面都遠比他優秀。

阿爾班唯一的優勢就只有正妻之子這個身分。

「原來如此。真是辛苦。」

「威爾果然打算就這樣置之不理嗎？」

「畢竟對方都說不會賣石雕給我了。」

「是啊。如果威爾主動示好，可能會被小看。還是別這麼做比較好。」

關於馬特森子爵家的話題到此結束，之後我們開心地閒聊，在吃完晚餐後返回鮑爾柏格的家。

像這種時候就會覺得「瞬間移動」非常方便。

回到家後，我將艾莉絲等人的孕婦用內衣交給她們，當天我也一併確認了亞美莉大嫂買的內衣

……當然該做的事情也都有做……之後就上床睡覺了。

「威爾，有客人找你。」

隔天，再次換上女僕裝的亞美莉大嫂告訴我有客人來訪。

「亞美莉大嫂，妳今天不用穿女僕裝吧？」

「我好像喜歡上這套衣服了。」

「那就好。」

亞美莉大嫂穿的女僕裝，是我委託別人試做的現代風格。

當初在鮑麥斯特伯爵家內採用時，衣襬有做得比較長，但設計還是比舊有的女僕裝可愛。

「比起這個，客人是誰啊？」

「是馬特森子爵家的長男。」

在那之後，阿爾班生氣地回到領地，但長男似乎留了下來。

但他找我有什麼事呢？

「反正我有空，就聽聽他想說什麼吧。」

再加上還有石雕的事情。

應該姑且聽一下他的意見。

「我叫丹尼斯。」

「我是鮑麥斯特伯爵。我沒什麼時間，有話快說吧。」

雖然我想聽他的說法，但之後還有其他行程，所以不想花太多時間。

而且這時候不表現得強硬一點可能會被小看，因此我催促他快點說。

「鮑麥斯特伯爵大人，希望您能重新考慮購買馬特森子爵領地的石雕。」

「你是笨蛋嗎？」

我開始擔心被認為十分優秀的丹尼斯，會不會沒有掌握這次事件的本質。

我們本來就願意買，是你們那邊不想賣。

「比起我，你還是先去說服阿爾班吧。」

「關於這個……」

看來是辦不到。

阿爾班只把丹尼斯當成家世不好的兄弟。

如果他輕率提出建言，只會讓狀況更加惡化。

「請鮑麥斯特伯爵大人務必幫忙……」

「為什麼要來找我？」

明明是你們那邊想和我見面，然後提出莫名其妙的提議惹我生氣，最後還說不賣我石雕。

這樣還想要我幫什麼忙？

「你們不僅插嘴管我的家務事，還想把妹妹推給我當情婦吧？」

「這是因為……」

「打從那一刻開始，我就與你們斷絕關係了。石雕我會跟其他領地買，即使進度會有點延遲，王都也不會有意見。事情就這樣了。」

看來繼續聽下去也沒用。

我也沒必要向對方妥協，所以立刻準備離席。

「請等一下！這樣下去，我們馬特森子爵領地的石雕產業……」

「那又不是我的錯。」

而且即使少了鮑麥斯特伯爵家這個客人，也還有其他顧客吧。

雖然那部分也因為阿爾班而逐漸減少……

「請您務必重新考慮……」

「丹尼斯大人，你搞錯了最基本的問題。我不會協助搞不清楚狀況的人，就算幫了也是白費力氣而已。」

「鮑麥斯特伯爵大人，您這是什麼意思？」

「丹尼斯大人非常優秀，但似乎不喜歡弄髒自己的手。」

沒錯，丹尼斯現在該做的，應該是取得家臣和領民的協助廢除阿爾班的嫡子身分，等自己成為新當家後再來改善和我的關係。

然而，丹尼斯似乎不想這麼做。

「丹尼斯大人，世間都當你是支持弟弟這廢物領主的優秀哥哥，你是不想捨棄這個評價吧？」

「……」

如果這時候廢除阿爾班的嫡子身分，無論那個弟弟原本再怎麼沒用，都會有人批評丹尼斯是逼退嫡子的可怕哥哥。

丹尼斯大概是討厭被人這樣評價吧。

「丹尼斯大人只剩下兩條路。把弟弟拉下臺成為下任當家，或是離開領地。」

「離開領地嗎？」

「你不會天真到認為自己還能繼續輔佐弟弟吧？無論你做得再怎麼好，都只會讓阿爾班更加厭惡你。」

阿爾班將丹尼斯視為可能害自己垮臺的危險敵人。

這樣下去，或許他會企圖暗殺丹尼斯。

「阿爾班和丹尼斯大人，哪一邊獲得較多家臣的支持？」

「……」

「從這個沉默來看，應該是你吧。」

「……」

丹尼斯沒有反駁，所以家臣應該是比較信任他吧。

「那就只能狠下心廢除阿爾班的嫡子身分了。如果繼續讓他以下任當家的身分活動，丹尼斯大人的妹妹們可是會陷入更糟糕的困境。」

馬特森子爵家愈是窮困，妹妹們就會被送到條件愈糟糕的家庭。

畢竟阿爾班對同父異母的妹妹也抱持著敵意，一定會毫不猶豫地將她們當成道具利用。

「你只能做好覺悟。至少我不打算和阿爾班交涉。」

「您不打算和阿爾班大人交涉嗎……」

「不好意思，我連他的臉都不想看到。」

「……我明白了。為了妹妹，我願意背負汙名。」

丹尼斯下定決心後，就離開我家返回領地。

一個星期後。

布雷希洛德藩侯透過魔導行動通訊機和我聯絡。

『阿爾班被廢除嫡子身分啦。』

『畢竟原本就被認為是個沒用的繼承人。好像是家臣和領民對臥病在床的現任當家施壓，要求讓哥哥擔任下任當家。』

「現任當家接受了嗎？」

『因為阿爾班引發了不少問題，所以他很乾脆就接受了。』

「這樣啊。」

之後又過了一個星期，順利從臥病在床的父親那裡接任當家的丹尼斯前來拜訪。

「阿爾班和他的母親被送去教會了。」

如果因為同情而讓他們留在領地內，不曉得又會幹出什麼好事。

因此丹尼斯把他們送進教會。

「這樣就行了吧？」

「嗯。」

本來以為只是一場普通的會面，結果卻花了不少時間。

「所以石雕暫時會以這個折扣販賣，但我們這邊也要生活，所以無法降價太多……」

「那真是太感謝了。」

會面順利進行，最後丹尼斯交給我一封信。

那封信似乎是來自目前仍臥病在床的前馬特森子爵。

「我看看……『感謝您幫忙推了丹尼斯一把』……」

「逼父親廢除阿爾班的嫡子身分時，他對我說『你總算下定決心了』。」

這不算什麼。

丹尼斯的父親也認為阿爾班不適合做下任當家。

但阿爾班畢竟是正妻之子……前馬特森子爵原本認為只要有好的輔佐，或許還是有希望，但結果比想像中還糟糕，因此他也希望改成由丹尼斯繼承。

「父親說這樣他就能安心去另一個世界了。」

會面就這樣順利結束。

我回到房間後，亞美莉大嫂就端著瑪黛茶出現了。

「威爾真溫柔。」

「是嗎？我倒是覺得自己說了很嚴厲的話。」

我叫丹尼斯把自己的弟弟拉下臺。

這種話一點都不溫柔。

「結果不是很順利嗎？我是自己擅自這麼認為，威爾不一定要跟我一樣。」

「我很溫柔嗎？」

「嗯，非常溫柔。」

被亞美莉大嫂這麼一說，我也逐漸這麼覺得。

是因為我就要當爸爸了嗎？

「艾莉絲她們就快生了吧。」

「真令人期待。」
「是啊。」
我和亞美莉大嫂一起喝瑪黛茶，繼續聊天。
距離艾莉絲她們的預產期，只剩下兩個月。

第六話　畢業與之後的出路

「老師，我有問題。」

「老師，再一起去蛋糕店吧。」

「老師，請帶我一起去狩獵。」

艾格妮絲、辛蒂和貝緹三人今天也很有精神。

她們一如往常地笑著跟我搭話。

這一年來，她們的魔力量和魔法技術都大幅提升，身為她們的老師，我感到非常自豪。

「我今天有空，所以沒關係……辛蒂，蛋糕店最後再去吧。」

「好——我知道了。」

「妳真的明白嗎？」

「貝緹剛才明明也說想吃蛋糕。」

「別吵架。先從回答艾格妮絲的問題開始吧……」

「「「好——」」」

我的講師工作進行得非常順利。

冒險者預備校鮑爾柏格分校提早開學後，我臨時講師的新手生活又繼續下去。

並同時從魔法的理論和應用兩方面，指導包含艾格妮絲她們在內的魔法師班學生。

我前世上大學時並沒有修教育學分，所以有點不安，但俗話說知難行易。

結果事情比我想像中還要順利。

向學生們打探過後，大家都認為我是個熱心、親切且教學清楚易懂的老師。

雖然或許年長的前冒險者講師經驗和知識都比較豐富，但他們也沒有接受過專門的教育訓練。

即使曾經是優秀的冒險者，也不見得比較會教人。

前世的棒球界也常有這種說法。

名選手不一定會是名教練。

既然如此，將來還是讓鮑爾柏格的預備校建立起培訓講師的制度比較好。

但這樣可能會引起年長講師們的反彈。

「雖然有些人對自己過於有自信而拘泥於獨自的教育方法，或是自尊心太高不願意接受指導，但應該也有很多講師會贊成。」

和王都的海瑞克校長商量過後，他也稱讚這是個好點子。

「咦？我還以為會被反對。」

我以為大部分的講師都想實踐自己認為最有效的教育方法。

「因為很多講師原本都是優秀的冒險者。優秀的冒險者懂得隨機應變。如果有人願意免費傳授有效的教育方法，通常都會樂意接受吧。空有才能但個性彆扭的人很快就會待不下去，而且這種人原本就不想當講師。」

如果是對工作有益的課程，應該沒有人會拒絕。

而且孤傲的天才或個性彆扭的人，原本就不適合當講師。

「如果是這樣，就必須將教學方法程序化。」

「那就讓我們來主導吧。本校歷史悠久，所以最適合率先進行這種作業。我會讓其他預備校一起幫忙，希望最後能讓大家共享這些資訊。」

海瑞克校長以前也是個優秀的冒險者。

優秀冒險者的其中一項特質，就是能果斷做出決定並採取行動。

如果明明正被魔物襲擊，卻還悠哉地思考策略，那絕對無法倖存。

這就是所謂「笨人想不出好主意」。

預備校算是冒險者公會底下的組織，所以我本來以為會更像政府部門，但只要有優秀的領導人，做決定就會很快。

「鮑麥斯特伯爵大人，不用趕沒關係，能不能請您幫忙擬定魔法師用的教學指南呢。」

「我是無所謂……」

雖然我有自己做些改良，但幾乎都是參考師傅留下的內容。

另外就是布蘭塔克先生……還有一部分導師的教導。

「我打算將艾弗烈大人列為作者，並註明經過鮑麥斯特伯爵大人、布蘭塔克大人以及阿姆斯壯導師的監修。」

「我知道了，交給我吧。」

在預備校對魔法師進行教育時使用的指南，作者將記載為師傅。

如果能讓擁有比誰都要優秀的才能，但英年早逝的師傅的功績流傳後世，獲得更多人的評價，那身為弟子的我也會覺得驕傲。

「鮑麥斯特伯爵大人平常很忙，我們也需要時間準備，所以可以慢慢來。」

海瑞克校長如此說道，於是我之後只要有空，就會慢慢整理師傅留下的筆記。

雖然發生過那樣的事，但我總算當完了講師。

除了師傅的教誨以外，布蘭塔克先生偶爾來訪時也會指導我，讓我能夠勝任這份工作。

「伯爵大人真是認真。要整理艾弗的筆記啊。」

「既然決定要做，就只能做到底了。而且除了我這個弟子以外，還有誰能夠將師傅的功績流傳後世呢。」

「我也想要一個這麼認真的直傳弟子～」

我算是布蘭塔克先生的徒孫，所以嚴格來說不算是他的直傳弟子。

但他也有許多弟子。

「卡特琳娜如何？」

她在接受布蘭塔克先生的指導後實力大增，應該是個好弟子。

「卡特琳娜姑娘也算是一種天才。像她那樣的天才非常不適合教人。結果作為一個魔法師，我還是不如艾弗或導師。雖然我為了與他們抗衡累積不少努力，但那些工夫反而比較適合指導別人。」

露易絲在魔鬥流方面擁有天才般的武藝，所以一點都不適合指導別人，她平常只有掛名和當臨時講師，將指導工作全都丟給弟弟們，看來卡特琳娜也跟她一樣。

「我相信布蘭塔克先生期望的弟子遲早會出現。」

「是啊。我也還能再奮鬥個幾十年。」

魔法師的壽命通常比普通人長。

布蘭塔克先生也很有可能再工作個三、四十年。

「不過我很放心。因為伯爵大人的指導能力大概是導師的一百倍。」

「這是在誇我嗎？」

說我適合當講師是讓我很高興，但比較對象是導師就讓人不太能釋懷。

畢竟我沒看過比他還挑徒弟的人。

「話說你不是很受到學生的仰慕嗎？」

學生們確實都很仰慕我。

因為不限於上課時間，我只要一有空就會帶他們到鮑爾柏格郊外，用實際演練的方式指導他們狩獵的方法。

「魔物大多和野生動物長得很像。牠們體型高大，速度快，力量強，但基本動作與生態仍與動物相似。所以成年前要多狩獵野生動物，早點讓自己習慣。」

「多狩獵一點，也能多賺點錢。」

「這也是一個原因。」

這並不是在開玩笑，如果生活不穩定，根本沒時間接受教育。

中級以下的魔法師最好用好一點的法杖，此外防禦力比金屬鎧甲還強的長袍也能大幅提高生存機率。

這些都是最好在進入魔物領域前就能先準備好的東西，所以我不厭其煩地告訴他們要早點靠打工薪水買齊。

「雖然伯爵大人不能一直當講師，但今年似乎教出了不少優秀的魔法師。」

像布蘭塔克先生這種年紀的魔法師，都希望有才能的年輕魔法師能夠多一點。

這個世界實在太缺魔法師，即使人數增加，也不至於導致收益減少。

「加油吧，伯爵大人。」

在布蘭塔克先生的鼓勵下，我開始也跟著指導學生狩獵。

「回去時吃點什麼吧，老師請客。」

「太幸運啦！」

「老師，謝謝你。」

狩獵完回去時，我偶爾會請學生吃飯或吃點心，做這種事會讓人有當老師的實感。

在所有學生當中，我最疼愛的是艾格妮絲、辛蒂和貝緹這三個人。

她們的魔力仍在持續成長，所以我也很願意花時間指導她們。

因此我們在一起的時間變多，除了上課時間以外，我也教了她們很多東西，假日也會帶她們一起出去玩。

我前世只有弟弟，所以感覺可能就像是多了幾個妹妹般開心。

轉生到這個世界後，我在鮑麥斯特家是么兒八男，雖然有很少見面的異母姊姊，但沒有妹妹。

「艾格妮絲，妳灌注魔力時又灌太多了。稍微放鬆一點。」

「好的。不過我每天都有冥想，所以魔力迴路也跟著成長了……」

「之所以擴展魔力迴路，是為了加快施展各種魔法的速度，跟浪費魔力是兩回事。」

「原來如此……我知道了。」

「辛蒂，妳吃這麼多蛋糕會胖……應該不會吧。畢竟妳是魔法師。」

「是啊。而且我花很多時間練習魔法。老師，對淑女來說，胖這個字是禁忌喔。你這樣會惹夫人們生氣吧？」

「好像有過這麼一回事……」
我想起超愛減肥的卡特琳娜。
魔法除了魔力以外，也會消耗熱量，所以魔法師幾乎都不會胖。
卡特琳娜明明一點都不胖，卻還定期想要減肥，害我忍不住戲弄她。
但假設她真的成功變成自己理想的體型，或許我們這些男性會覺得她太瘦了。
我想起前世時，男女對理想體型的認知也有很大的差異。
「狩獵啊。貝緹，妳為什麼想狩獵？」
「因為公會拜託我多抓點珠雞過去，姑且不論其他獵物，珠雞對人的氣息非常敏感，即使從遠處用魔法攻擊也不容易擊中。」
「我會幫忙指導妳練習，但我很嚴格喔。」
「哇——謝謝。」

就在我今天也開心上完課回家後，亞美莉大嫂馬上跑來質問我。
「威爾，你今天又在陪弟子啦？」
「是啊！她們每天都在成長呢。」
雖然在前陣子的地下遺跡事件中差點死掉，但再也沒有比實戰更好的修練了。
一看見艾格妮絲她們的成長，就讓我覺得自己的指導沒有白費。

「艾格妮絲她們就快畢業了，她們將來一定能夠成為名留後世的魔法師。」

這麼一來，親自指導她們的我自不待言，就連師傅也會重新被人評價。

我自己是不怎麼在意名聲，但像妹妹一樣可愛的弟子們順利成長為魔法師，讓我非常開心。

「說不定我很適合當老師呢！啊，對了！畢業後也可以繼續指導她們。畢竟她們三個都是我的弟子。」

如果畢業後也繼續指導，她們三個一定能更上一層樓。

我覺得這是件很棒的事，但亞美莉大嫂不知為何面露難色。

「咦？怎麼了嗎？」

「威爾，你還記得自己的身分嗎？」

「嗯，是老師啊。」

「哎呀……」

我一回答是老師，亞美莉大嫂不知為何就用力跌倒。

我還是第一次看見有人真的這樣跌倒。

「你只是臨時講師吧？在那之前是什麼。」

「在那之前……」

如果認真思考，感覺會變成哲學問答，但我是鮑麥斯特伯爵，同時也是即將出生的孩子的爸爸。

當爸爸非常辛苦，責任也很重大。

亞美莉大嫂是想跟我討論這方面的顧慮與覺悟嗎？

「可是亞美莉大嫂，我不是一直在努力當個貴族和好父親嗎？」

無論再怎麼開心，我都不可能只處理老師的工作。

為了即將出生的孩子，我每天都努力讓鮑麥斯特伯爵領地繼續發展，還處理了許多麻煩的文書工作。

艾莉絲她們懷孕後就不方便行動，所以我靠魔法施工的次數也變多了，但我仍按照羅德里希的指示往來領地各處，施展魔法。

這也是為了艾莉絲她們與即將出生的孩子。

「威爾，你是不是忘了一件事？你同時也是艾莉絲她們的丈夫。」

「就說我沒有遺漏這方面的事情了。」

雖然不記得是誰說的，但我前世曾聽說第一次生產的孕婦在精神上會感到非常不安。

因此我每天都會和妻子們聊天，和她們肌膚相親。

尤其是艾莉絲，她承受著局外人那些「一定要生下鮑麥斯特伯爵家繼承人」的沉重壓力。

對仍受到現代日本價值觀影響的我來說，只要能生下一個健康的孩子就好，所以不太喜歡那些對我的家務事插嘴的傢伙。

卡特琳娜被期待能生下威格爾家的繼承人，其他夫人們的親戚明明不是真正的家人，卻都打著「如果生的是女兒，就要嫁到哪一家」之類的如意算盤。

我拚命安慰妻子們不用在意這種事情。

我覺得自己作為丈夫已經非常努力了……

「我除了當老師以外，也沒忘記處理其他工作和安撫妻子。即使找遍整個王國，也很少有人像我這麼努力。」

沒錯，我非常努力。

明明是這樣，為什麼亞美莉大嫂要用這麼微妙的表情看著我呢？

「威爾，你的學生們可愛嗎？」

「嗯，因為他們很仰慕我這個老師。」

我怎麼可能討厭被別人仰慕。

雖然大家的魔力量與才能有所差距，但都拚命學習和成長。

只要協助他們，就能治癒我因為應付笨蛋貴族和帝國內亂感到疲憊的心。

「果然比起戰爭帶來的破壞，還是教育帶來的成長更重要。這遠比應付那些已經變成沒用大人的笨蛋貴族要好。」

儘管戰爭已經結束，但那些很難重新教育的笨蛋貴族依然源源不絕。

一想到這點，就讓我覺得在預備校指導學生比較能獲得內心的安寧。

「嗯，我這番話說得真好。」

「唉，雖然的確是說得不錯……」

既然如此，亞美莉大嫂應該可以坦率地感動，但她似乎還是很在意某件事。

「威爾，你特別疼愛其中三個人吧？」

啊，原來如此。

原來亞美莉大嫂在意的是這個。

因為妻子們都有孕在身，她是在擔心我會跟疼愛的艾格妮絲她們外遇吧。

「我說啊，亞美莉大嫂。我單純只是看上那三人的才能，才會特別教育她們。」

我知道自己把她們當成妹妹疼愛，但當中並不包含任何邪惡的意圖。

我向亞美莉大嫂坦率說出自己的心情。

「你放假時也會帶她們去玩吧。」

「那是因為偶爾也要讓她們休息。『學習跟玩樂應該要並重』。」

因為妻子們都有孕在身，所以不方便帶她們外出。

我偶爾也會想出去玩，但每次出門都有記得幫妻子買禮物。

即使是夫妻，也不能忘了這種體貼。

「更何況她們三個是我重要的學生。妳怎麼會覺得我想對她們出手……真是太令人難過了。反正一定又是哪個混帳貴族在亂傳謠言吧。」

我打算趁機好好說明自己的心情。

其實亞美莉大嫂生起氣來和艾莉絲一樣恐怖，所以還是早點解開誤會比較好。

「我說啊，我也不是在責備威爾搞外遇，只是覺得你作為一個貴族太過鬆懈了。」

外遇也沒關係……這個世界未免比現代日本寬容太多了。

話雖如此，我還是不會外遇。

「什麼意思？」

「在王都，那些女孩已經被當成是你的愛人了。」

「妳說什麼？」

亞美莉大嫂的發言，讓我難掩困惑。

那三個人是我的愛人？

這是怎麼回事？

那些王都貴族是可疑的女性週刊雜誌或八卦節目嗎？

「威爾有時候很笨呢。你那麼疼愛她們，又帶她們到處玩，就算不是貴族也會這麼認為啦。對方的父母一定也這麼想。」

「那對她們的父母實在太不好意思了……必須解開誤會才行。」

如果未婚的女兒傳出那種謠言，父母應該會很擔心吧。

因為這一定會嚴重妨礙到她們將來的婚事。

「不，對方的父母很開心喔。因為認為威爾會娶他們的女兒。」

「妳說什麼——！」

艾格妮絲她們跟我結婚？

這怎麼可能。

「我頂多以魔法師傅的身分參加她們的婚禮，然後基於鮑麥斯特伯爵的立場向來賓致詞……我甚至還偷偷在想差不多該擬演講稿了……」

因為婚禮的來賓應該都會關注我的演講，所以我本來還想講些機智的話……

「你想得也太偏了吧。這樣即使不是亞美莉也會傻眼。」

此時，泰蕾絲也出現了。

艾莉絲等人也站在她後面，這樣就全員集合了。

「如果被對方的父母知道你的想法，他們反而會難過吧。」

「呃，可是……」

我已經有很多妻子，比起嫁給我，她們應該能找到更好的對象。

「比起那些未知的男性，還是嫁給您比較令人放心和高興吧。」

艾莉絲用比平常還要冷淡的表情向我說明。

難道是我想錯了？

「艾莉絲已經從霍恩海姆樞機主教那裡聽說那些謠言囉。」

伊娜接著幫忙說明，簡單來講，就是我不懂保護她們三人不被貝亞男爵招募，還提早在鮑爾柏格蓋好預備校讓她們轉學，這些事都被認為我是在確保她們不被別人搶走。

「謠言的主要來源，就是貝亞男爵家。」

「露易絲，這我倒是有猜到。」

明明貝亞男爵家本來就不可能招募到那三個人，結果居然還做出這種討人厭的事情。

「威德林先生太過疼愛學生了。」

「是嗎？」

「卡特琳娜的魔法幾乎都是自學，所以吃醋了嗎？」

「薇爾瑪小姐，請別在這種時候亂插話……」

薇爾瑪一針見血的吐槽，讓我感到有點難過。

這麼說來，卡特琳娜的學生時代也過得非常寂寞呢。

「……我都沒察覺卡特琳娜的心情。下次妳也一起來吧。」

對不起，卡特琳娜。

沒有察覺妳那悲傷的過去。

明明我以前也是孤身一人……

「我不是這個意思……而且我以前才沒那麼孤獨！」

孤獨的人一被揭穿就會生氣，還是先略過這個話題吧。

我為什麼會知道？因為我以前也是孤身一人。

「等孩子出生後，我想和你一起鍛鍊魔法……」

但卡特琳娜不否認想和我一起練習魔法。

我就是喜歡她這種可愛的地方。

「不過，威德林還不習慣以貴族的身分活動呢。」

這也是無可奈何。

一來是受到前世的影響，二來是我原本就沒預定要當貴族。

「那就請泰蕾絲提出一個適合貴族的巧妙解決方法吧。」

既然如此，我只好拜託這種時候最有可能提出良策的泰蕾絲了。

「解決方法？才沒有那種東西。」

「講得還真是乾脆。」

「伊娜，所謂的貴族，原本就是謠言傳不完的存在。只有器量狹小的傢伙會去在意那些謠言。

反正威德林就算再多娶三個妻子也不是問題。」

「不，那樣不太好吧。」

我必須顧慮宗主，也就是布雷希洛德藩侯的妻子數量，也要擔心王國政府會不會有意見。

「很多伯爵的妻子數量都比威德林多。在意這種事也沒用。」

「既然如此，為什麼會變成這樣？」

為什麼感覺好像只有我一個人，在面對艾莉絲她們的盤問？

雖然她們並沒有嚴厲地責備我，但丈夫這邊……其實就只有我一個人，所以感覺極度不利。

這讓我再次體驗到一夫多妻制的缺點。
也就是故事裡很少出現，後宮的組織問題。
「本宮給你的忠告，就是將那三人的事情納入考量。」
換句話說，就是巧妙將她們留在身邊，為鮑麥斯特伯爵領地的發展做出貢獻。
「我是輸給老公才嫁來這裡，所以這次也交給老公決定吧。」
「是啊。如果有必要，我也會繼續教她們魔法。」
卡琪雅和莉莎似乎覺得怎麼樣都無所謂。
這個世界對這方面的事情真的相當寬容。
如果是日本，我的社會評價早就一落千丈了。
「總而言之，先不管我的貴族背景，我只想鍛鍊那三個人，讓她們順利從預備校畢業。」
這是我最純真的想法。
我單純只是希望能像師傅教我那樣，指導有才能的年輕人魔法，培育後進。
這大概是師傅沒什麼機會做到的事情。
「我想代替師傅多培育一些弟子。雖然我還不成熟，但這樣就能讓師傅的功績也流傳後世。」
「親愛的……」
艾莉絲她們對我投以尊敬的視線。
看來她們總算理解我的想法。

貴族的地位愈高，就愈容易被人懷疑行為背後的動機。

實際上王都大部分的人，都會一面說自己沒有那個意思，一面對年輕女性出手，所以某方面來說也是無可奈何。

「到頭來，亞美莉大嫂到底希望我怎麼做？」

我詢問亞美莉大嫂的意見。

按照她的個性，不可能只因為貴族的事情責備我。

「嗯，關於這件事。我並沒有懷孕，大家也早就進入穩定期。不要總是和那些女孩子出門，放假時帶大家出去玩啦。就算只是去鮑爾柏格的市區逛一下也好。」

「咦！這樣沒關係嗎？」

如果勉強帶艾莉絲她們去逛街，愛擔心的羅德里希一定會很囉唆，所以我才只和艾格妮絲她們出門。

「只是稍微走一點路，對孕婦不會有影響啦。」

不愧是生過孩子的人。亞美莉大嫂遠比我還要了解孕婦。

雖然我是完全不知道有這種事——但羅德里希和艾爾這些男性應該也半斤八兩吧。

「是我不夠細心……」

「孕婦很容易把自己關在家裡，偶爾也要轉換一下心情。」

如果太擔心會發生什麼事，反而閉門不出也是個問題。

「呃……妳以前在鮑麥斯特騎士爵家時也是這樣嗎？」

「那裡……根本就不需要注意這種事吧。」

這麼說來，亞美莉大嫂直到快生產前，都還會去庭院的家庭菜園採料理用的蔬菜與香草。在室內時也會編繩子或修補東西……幸好老家一點都不像貴族家。至於外出……只是因為就算出門，領地內也沒有店家而已。

雖然只要一走出屋子就能看見大自然……但也可以說只有大自然。

「一直待在家裡會很無聊，偶爾也要出門一下。」

「我知道了。」

無論是艾格妮絲她們的事，還是亞美莉大嫂提醒我的事，我之前都沒有發現，這讓我很感謝她。如果夫妻變得不會分享這些事情就完蛋了，所以這樣比較好。

「那就立刻出門吧。」

擇日不如撞日，我立刻吩咐羅德里希準備，然後和艾莉絲她們一起出門。

在那之後……

「是領主大人和夫人們呢。」

「看起來真是壯觀。」

「身為男性，能被許多漂亮的太太圍繞並讓她們替自己生孩子，是多麼令人羨慕的事情。」

「不是平常的那些女孩子們呢。」
「大概是被罵了吧？被妻子說『偶爾也要陪陪我們』之類的。」

「……嗯——」

原來如此。
亞美莉大嫂說的沒錯。
就連城裡的人都認為是因為我平常只顧著帶艾格妮絲她們出來玩，所以終於被老婆罵了。

「之後會再多加三個人吧？」
「應該會更多吧？」
「這樣不是很好嗎？鮑爾柏格也會跟著變熱鬧。」
「是啊。」

而且領民們都認為我將來也會娶艾格妮絲她們為妻。
「看吧，大家都這麼想。」
「是啊。」
即使將來真的會變成那樣……雖然機率很高。

我現在仍是老師。

我下定決心，直到畢業之前，都要以老師的身分全力指導包含艾格妮絲她們在內的學生。

這絕對不是在逃避問題。

＊　＊　＊

之後時光流逝，到了隔年的春天。

我開始習慣老師的工作，學生們也都畢業了。

因為我不能一直當老師，所以我臨時講師的工作也到此告一段落。

僅限於鮑爾柏格預備校，艾莉絲、卡特琳娜和莉莎預定會盡量去那裡當臨時講師。

「老師……非常感動喔！」

「為什麼只有威爾一個人哭啊……」

雖然世人都認為這是畢業，但在冒險者預備校也可以說只是修完課程。

要在一年內修完必要學分並不困難，但未成年人還是不能去魔物領域，因此之後還是能繼續上必要學分以外的課程。

在這個情況下，為了避免影響其他學生以及課堂秩序，通常都是從下午或傍晚開始上課。

即使是職業冒險者，也可以只挑必要的課程上。

儘管要繳一點錢，但預備校所在的領地會提供補助，因此課程費用非常便宜。

我們當初只有上幾個月的課，不太清楚詳情，但冒險者預備校意外地有彈性。

只要有時間和錢就能上必要的課程，所以比較像是對社會人士提供服務？

因此明明之後有的是機會見面，我還是因為第一次送畢業生離開而獨自流下感動的眼淚，讓艾爾十分傻眼。

「艾爾怎麼可能會懂，我第一次教的學生們要畢業囉，大家一定也……」

「是嗎？他們看起來很開心耶。」

在艾爾看的方向，收到修業證書的學生們正開心地聊天。

「我已經成年，要和同屆的夥伴一起組隊挑戰魔之森。」

「我還未成年，會跟以前一樣在鮑麥斯特伯爵領地內狩獵吧。我也組了隊伍，打算一面確認合作的狀況，同時上一些必修學分以外的課程。」

「和露宿有關的實習課程似乎不錯。」

「那個確實很有用，我也報名好了。雖然必修課程裡有包含基礎講習，但我也想上應用講習。」

「我是不是也該報名啊？」

「這樣比較好喔。」

大家夢想著畢業後的生活，聚在一起聊天，沒有一個人哭。

如同艾爾所言，獨自哭泣的我看起來非常突兀。

「咦？真奇怪？」

既然是畢業，至少也該有一個人哭吧……

這麼說來，我也不記得自己參加畢業典禮時有哭過……

「威爾，為什麼你會覺得這種程度的事情就能讓學生們哭啊？」

「哎呀……」

我害羞地搔著頭，總不能跟艾爾說是受到電視劇的影響。

即使如此，學生們似乎還是很感謝我，接連過來跟我打招呼。

「託老師的福，我的魔法進步了。」

「老師的教法真的非常淺顯易懂。」

「還可以再來向你請教魔法嗎？」

「當然可以！我是大家的老師啊！」

沒錯，魔法班的六十一位同學，全都是我的學生。

我告訴大家只要遇到困難，隨時都能來找我。

「老師！謝謝你！」

「對了！把老師抬起來往上拋吧！」

「贊成！」

於是，這些魔法師新鮮人的畢業典禮就在感動中結束……

「等那些學生不當冒險者後，就讓鮑麥斯特伯爵家僱用他們？這樣其他貴族一定會反彈……」

我將畢業典禮的感動直接傳達給羅德里希後，他立刻露出厭惡的表情。

「咦？我沒說得那麼誇張吧……」

「鄙人聽起來像是這樣。」

「啊！」

我想起自己曾說過如果遇到困難，隨時都能來找老師。

「他們應該會認為如果退休後想到貴族家工作，我們一定會僱用他們。」

「但魔法師本來就很搶手……」

魔法師本來就很稀有，所以大家都搶著要。

只要開的條件夠好，去哪個貴族家工作都沒差。

「目前應該沒多少貴族家能提供比我們還要好的待遇……」

鮑麥斯特伯爵領地目前仍在開發，且預算相當充裕，所以非常缺魔法師。

只要有人願意來，就能獲得相當好的待遇。

「既然您都開口保證在最壞的情況下會僱用他們，那就算只是前學生，在交涉時也會表現得很強硬吧。即使全都以高薪僱用，還是可能會被其他人說破壞行情。」

「唔！也不是說一定會僱用……可以幫忙找個官職或介紹他們轉職……」

我吞吞吐吐地回答羅德里希。

「放心吧，到時候景氣就已經變好了……」

開發最南端的地區會帶動大量資金流入，這樣王國的經濟狀況也會逐漸好轉。

只要王國中的貴族跟著變富裕，僱用魔法師的資金就會增加，這樣他們應該就不會再跟我抱怨……大概吧？

「從鮑麥斯特伯爵領地開始的經濟發展，就取名叫『鮑麥斯特經濟學』吧！」

「真是微妙的命名……」

前世的日本，有許多政治家或經濟評論家都會在電視或報紙上發表類似的言論。

雖然以我微薄的薪資很難體會，但據說景氣很容易受到心情影響。

至少情況應該不會惡化，所以就表現得強硬一點吧。

重點是要能夠躲過羅德里希的追究。

「事情都已經過去了，再多說也沒有意義。反正就算要幫他們準備官職，也是幾十年以後的事情了。」

「沒錯，這就是美麗的師徒之情。」

「唉，先不管這件事，關於主公大人特別疼愛的那三位弟子……」

羅德里希換開始追究我特別在意的艾格妮絲她們的事情。

「羅德里希，你認識她們嗎？」

「呃，您都那麼寵愛她們，並頻繁地帶她們到鮑爾柏格四處逛了，不認識她們的領民應該還比較少吧。」

沒想到我這種小人物的私生活，居然如此引人注目。

明明我既不是藝人，也不是帥哥。

「主公大人，您說這話是認真的嗎？您現在可是王國數一數二的名人……」

「啊——我知道了啦。」

羅德里希大概又想提我一年多前在帝國內亂中立下的功績了。

話說回來，這下事情麻煩了。

「您接下來打算拿那三個人怎麼辦？」

「她們已經畢業，應該會自己決定自己的出路。」

艾格妮絲在找能夠實習的隊伍。

辛蒂和貝緹還未成年，所以會先報名以前沒上過的課程，同時在鮑爾柏格周邊狩獵。

然後，她們還約好成年後要再次一起活動。

不愧是我最看好的弟子們，三人都選擇了踏實的出路。

她們將來一定會成為優秀的魔法師。

「……咦？應該先挖角她們吧。」

「我說你啊……」

我班上的其他魔法師，到底和艾格妮絲她們有哪裡不同。是才能的差別嗎？

「唉，目前看來是沒問題……」

我一追究，羅德里希不知為何就不再回應。

魔法師新鮮人們就這樣順利從預備校畢業，各自踏上前程。

我的班導兼臨時講師的工作也到此結束。

即使約定的一年已經結束，我還是偶爾會接臨時講師的工作，但隨著鮑爾柏格冒險者預備校的人力逐漸充實，我已經不需要經常去那裡出差了。

妻子們即將臨盆。

雖然艾莉絲的預產期最早，但其他妻子們也會接連生產。

「羅德里希，我要以父親的身分好好努力。要繼續開發領地囉。」

於是，我再次投身於領地內的基礎工程。

羅德里希接連擬定開發計畫，我則是全力完成那些基礎工程。

妻子們都還在請假待產，只有我一個人能工作，但這時候剛好出現了幫手。

「老師，我也想學土木工程。」

「我也是。」

「這種工作，等從冒險者退休後也能做吧。」

「這樣啊。妳們三個真是熱心學習。工程魔法有些地方還滿纖細的。尤其是有其他作業人員在的時候，要注意不能傷到他們。老師從頭開始教妳們吧。」

「「「謝謝老師！」」」

艾格妮絲在其他隊伍當實習魔法師，所以來的次數比較少，但辛蒂和貝緹除了狩獵以外，也開始承攬鮑麥斯特伯爵領地的工程。

儘管一開始還是要先指導她們，但卡特琳娜之前也是如此。她們應該很快就會抓到竅門，俐落地完成領地的委託吧。

「主公大人，鄙人就說沒問題吧？」

「呃，就說她們只是我的弟子了。」

「目前是這樣沒錯。」

雖然羅德里希說了些若有深意的話，但實際上三人接受我的指導後立刻就學會了土木魔法，鮑麥斯特伯爵領地內的工程也進行得非常順利。

卡特琳娜和莉莎都在待產放假中，三人有效地填補了她們的空缺。

我當然有支付正式的報酬，艾格妮絲她們也成長得愈來愈快。

身為她們的師傅，再也沒什麼比這更令人高興的事情了。

「主公大人，真期待她們的將來呢。」

「你這句話裡沒有包含其他意思吧？」

「主公大人，是您多心了吧。」

羅德里希心裡似乎已經確定艾格妮絲她們會成為我的妻子，但那三個人還很年幼，所以我不想考慮這種事。

我看著弟子們以魔法師的身分不斷成長，同時等待妻子們生產。

卷末附錄　女僕，一起參加校外教學

「咦？畢業前去旅行？為什麼要做這種事？」

「因為這裡是預備校。」

「但無論是在布雷希柏格、王都還是其他地方的預備校，都從來沒聽說過會在畢業前帶學生去旅行……」

「所以我才想率先舉辦這樣的活動，就命名為『校外教學』吧。」

「旅行是能學到什麼東西？經費也是個問題！」

老爺似乎在和艾爾文大人討論什麼事情。

老爺好像想帶即將畢業的學生們去旅行。

雖然我從來沒聽說過帶預備校或學院的學生去旅行這種事，但應該又是老爺自己想出來的吧。

甚至還自己取名為「校外教學」。

艾爾文大人表示不曉得這跟教學有什麼關係，並基於費用問題表示反對。

的確，帶大批學生去旅行要花很多錢，而且鮑麥斯特伯爵領地尚在開發，要帶那麼多人移動也很辛苦。

目前在交通方面，無論如何都會以開發必要的物資和人員為優先。

可是，艾爾文大人應該察覺另一項事實。

那就是老爺每次只要想到要做什麼，就絕對不會放棄。

「蕾亞，這種時候就要表現出妳賢慧的一面。妳即將成為艾爾文大人的妻子，千萬不能懈怠。」

「了解。」

多米妮克姊的預測應該是這樣的。

老爺絕對不會放棄舉辦「校外教學」。

最後艾爾文大人一定也會同行，我應該跟過去支援他。

原來如此。

這樣確實像是一個支持未來丈夫的賢慧妻子。

「換句話說，就是打造旅行的回憶，和艾爾文大人卿卿我我就行了吧。」

「怎麼可能！」

唔——！

好久沒挨多米妮克姊的拳頭了。

威力整個滲透到腦袋裡。

講是這樣講，其實距離上次並沒有隔很久。

只是這拳強勁到讓我連這件事都忘了。

「安娜小姐也要一起去嗎？」

「是的。或許會需要有人幫忙做露宿的準備也不一定吧？」

「確實有這個可能。」

多米妮克姊也叫和我一樣預定將嫁給艾爾文大人的安娜小姐，一起做好外出的準備。

她目前正在鮑麥斯特伯爵官邸當女僕，順便學習新娘需要的技能。

雖然她是艾爾文大人的青梅竹馬，但我作為女僕的實力在她之上！

換句話說，就是我這個妻子比她還要會打理家庭……我曾經是這麼想的……但安娜小姐明明是地方商家出身，卻幾乎精通所有的家事，馬上就適應了這裡。

因為地方的小商家沒有女僕，所以為了將來能夠嫁人，排行愈後面的女兒，就要接受愈嚴格的家事訓練。

我剛來這裡工作時，也經常挨多米妮克姊的拳頭，但她對安娜小姐就只有稍微提醒……感覺有點不公平。

「安娜小姐很少有需要被提醒的地方，就算有也只要講一聲就夠了。」

「咦！多米妮克姊！妳剛才讀了我的心嗎？」

「妳以為我認識妳多久了？即使不用讀心，我也能輕易猜到妳在想什麼。」

怎麼會……講得我好像是個思考單純的少女一樣。

「老爺一定也會找羅德里希大人商量校外教學的事，所以具體事項應該要等明天以後才能確定。到時候應該就知道是要住旅館還是露宿了。」

「露宿啊……感覺不太像是旅行。」

既然是旅行，不管房間再怎麼破爛，都應該住旅館才對。

「問題應該是有沒有那個預算吧。如果讓老爺自掏腰包出旅館錢，可能會對明年的營運造成影響。我覺得最後應該會在鮑爾柏格郊外露宿。」

這樣就不需要太多預算，也能替未來將成為冒險者的學生累積露宿的經驗。

雖然我覺得最後事情應該會變得和多米妮克姊說的一樣……

「咦？參觀魔之森，然後住附近的溫泉旅館？哪兒來這麼多錢？」

「看來老爺似乎非常堅持。」

老爺提議的「校外教學」，居然要讓預備校的學生去魔之森，就連多米妮克姊都嚇了一跳。

「說實話，預算真的沒問題嗎？」

「根據羅德里希大人的說法，是透過老爺不間斷的努力、毫無破綻的說明，加上部分自掏腰包，以及壓縮到極限的預算才得以實現……」

首先是到魔之森的交通方式，這部分是利用尚未正式啟航，船員仍在受訓的飛行船。

因為還沒開始正式載客，而且也能當成船員的訓練，所以不用花運費。

再來是讓冒險者公會也補貼一點錢。
學生會從外側參觀魔之森和公會分部的狀況，替將來成為冒險者時做準備。
所以有一半是被當成實習。
在那之後，大家將在魔之森北部的未開發地一起狩獵，將獲得的成果賣給公會充當旅行費用。
至於住宿，我和多米妮克姊也是聽說後才想起來，鮑麥斯特伯爵家在魔之森附近的溫泉地有專用的療養設施。
除了老爺和夫人們使用的別墅以外，還有供鮑麥斯特伯爵家的家臣與其親屬便宜使用的療養設施，許多人都期待能在一年一度的休假去那裡療養。
好像已經決定要讓預備校的學生住那裡。雖然他們不是鮑麥斯特伯爵的家臣，但只要具備學生身分，就是鮑麥斯特伯爵家經營的預備校學生，老爺利用這個說法，從羅德里希大人那裡獲得了使用許可。
話說回來，老爺為什麼會這麼想舉辦這個叫「校外教學」的活動呢？
真是不可思議。
「事情就是這樣，希望蕾亞和安娜能與老爺和艾爾文大人一起同行，在旅行期間提供協助。我要照顧艾莉絲小姐她們，所以不能離開這裡。」
「好，我知道了。」
原來如此，老爺將率領大家進行「校外教學」，艾爾文大人也會跟去協助，我和安娜小姐則是負責支援他們。

「不過真的好厲害。沒想到大貴族經營的冒險者預備校，會帶學生去旅行。」

安娜小姐在來到這裡之前，一次都沒離開過出生的村子，因此似乎覺得旅行是一件非常奢侈的事情。

她一聽說能夠跟去，就顯得非常開心。

「安娜小姐，其他大貴族家不會舉辦這種活動。就連王都的預備校也是如此。」

「是這樣嗎？鮑麥斯特伯爵大人真是位厲害的人呢。」

安娜小姐對老爺的慷慨感到非常驚訝，但實際計算過後，感覺並沒有花多少錢……

畢竟在目的地狩獵賺旅費的人，就是參加旅行的學生自己。

「多米妮克姊，我和安娜小姐的工作是照顧老爺和艾爾文大人嗎？」

「雖然療養設施那裡也有員工，但畢竟住宿的人很多，妳們就在能力所及的範圍內，幫忙準備餐點和打掃吧。」

原來如此，感覺跟平常的工作沒什麼不同。

我是個能幹的女僕，為了讓艾爾文大人覺得我是個「賢慧的妻子」，我要努力工作。

「啊，可是我聽說療養設施那裡有溫泉，如果中間有空，可以去泡溫泉吧。」

順利的話，或許能在美好的氣氛下和艾爾文大人一起泡溫泉。一想到這個可能性，我就開始期待這個工作了。

安娜小姐可能也有相同的想法，我必須鼓起幹勁。
「拜託妳們了，蕾亞，安娜小姐。」
「交給我吧。我會好好和艾爾文大人一起享受溫泉！」
「為什麼話題會偏到那個方向！」
好痛……
繼昨天之後，我又挨了多米妮克姊第二拳，她還是一樣毫不留情，害我的頭頂痛到發麻。
不曉得能不能靠泡溫泉治好？

＊　＊　＊

「各位，不可以擅自單獨行動喔！首先要參觀的是新蓋好的冒險者公會魔之森分部。」
「威爾，你為什麼那麼開心？」
校外教學就這樣開始了，從鮑爾柏格出發的中型魔導飛行船順利抵達魔之森附近的港口。
同行的講師們各自率領自己的班級，但魔法師班是由老爺、艾爾文大人以及我和安娜小姐負責。
我和安娜小姐是穿女僕裝，所以在魔之森附近顯得十分突兀。
「蕾亞小姐，感覺大家都在盯著我們看……」
「真想快點去療養設施。」

按照流程，我們不能先一步前往療養設施，得先去冒險者公會魔之森分部。

一群少年與少女團體行動，吸引了好奇的冒險者們的目光。

我和安娜小姐是穿女僕裝，所以特別引人注目……

「這裡是櫃檯。」

學生們平常就會將打工獵到的成果賣給鮑爾柏格分部，所以應該不需要參觀這種地方，但這也是校外教學的一部分。

接著，我們觀摩了解體獵物的設施，從外側參觀魔之森，然後移動到某個草原。

「雖然大家還不能進入魔之森，但這裡的獵物非常密集，努力賺錢吧。」

只要獵到許多獵物，就能攤平這次校外教學的旅費。

老爺一聲令下，學生們就以展現平常訓練成果的名義，開始進行狩獵。

「這時候就輪到我們出場了。」

這段期間，我和安娜小姐一起準備午餐。

「雖然事前就已經準備好了。」

如果從頭開始做這麼多人的餐點，絕對會來不及。

我們只是將事前和多米妮克姊一起做的餐點，從老爺的魔法袋裡拿出來分配而已。

再來就是將裝湯的鍋子重新加熱。

「搞不懂這到底是實習還是旅行。」

安娜小姐說的沒錯，儘管這場狩獵能讓學生們免除旅費，但也只有冒險者預備校的人，會在旅行期間狩獵吧。

所以才叫「校外教學」吧。

「他們到底要學什麼？」

這麼說來，學生們每天放學後都會去狩獵，根本就不用特地來到魔之森。

哎呀，我怎麼可能有辦法理解老爺的深謀遠慮。

「他總是突然想到莫名其妙的事情，然後以意外頑固的態度強制執行。」

艾爾文大人來看我們的狀況。

大概是來確認能否準時出餐吧。

「唉，大家都很開心，所以是無所謂。讓他們親眼見識魔之森分部的粗暴冒險者，或是對櫃檯人員沒禮貌的傢伙，再提醒他們『這樣做不太好』，有些人應該就會記在心裡吧。在解體設施看過魔之森的巨大魔物後，亂來害死自己的人可能就會減少。他們好像還參觀了照顧傷患的地方。能在當上冒險者前先實際看過這些現實，或許也是件好事。資深冒險者通常會覺得這些事沒什麼，但大家在當上冒險者前都沒機會看到這些事。是叫『校外教學』吧，我們的主公大人取的名字還真是恰如其分。」

乍看之下只是在玩樂，但其實有好好替學生們著想嗎？

「只要學生們動起來，就能活絡領地內的經濟。將來當上冒險者後，一定會住旅館，這個活動也能順便教他們禮貌。旅館也比較喜歡好客人，有可能會在他們長期住宿時打折，或是幫忙洗衣服和做便當。總比因為沒禮貌而被討厭好吧？這方面的事情，意外地沒什麼人會教呢。」

「居然能設想到這個地步，老爺真是厲害。」

老爺的想法，讓來鮑麥斯特伯爵家的日子還不長的安娜小姐十分感動。

我也沒想到單純的旅行，居然包含了這麼多優點。

替我們說明這些事情的艾爾文大人，表情不知為何有些消沉。

「艾爾文大人？您是在擔心什麼事情嗎？」

「不，雖然威爾是用這些優點說服了羅德里希，但我還是無法擺脫他單純是自己想辦這種活動的疑慮。」

「「……」」

這麼說來，的確是有這種感覺……雖然不曉得安娜小姐怎麼想，但就算是來幫忙，我還是很高興能來旅行。

而且到了旅館，還有溫泉在等著我。

我無論遇到什麼狀況都能享受。

剛好多米妮克姊也不在。

「我們和蕾亞小姐與安娜小姐同房嗎？請多指教。」

「下次請教我們難度更高的料理。」
「我也想學能讓老師開心的甜點。」

狩獵活動順利結束，將大量獵物交給冒險者公會後，我們成功打平了旅費。
如果這次出現虧損，就要由提議的老爺負責補貼，這樣明年可能就無法繼續辦「校外教學」了，所以這個結果讓老爺鬆了口氣。
接下來是前往今晚入住的附設溫泉的療養設施，我們在分配到的房間整理行李。
雖然這裡比不上老爺的別墅或重臣們專用的高級療養設施，但這裡才新蓋好不久，非常漂亮。
男女個別被分到五人房或六人房，我、安娜小姐、艾格妮絲小姐、辛蒂小姐和貝緹小姐被分到同一個房間。
我現在偶爾還是會教她們料理，大概是因為彼此認識才會同房。
安娜小姐也常跟我一起教她們料理，所以認識艾格妮絲小姐她們。
順帶一提，老爺和艾爾文大人就住在隔壁房間。
再怎麼說都不能讓他們跟其他學生一起擠多人房，所以最後是兩個人住一間。
明明可以住別墅那裡，但老爺表示既然是以預備校講師的身分參加，就應該住這裡。
老爺有時候意外地認真……
「蕾亞小姐，我們的工作都做完了。」

「真是出乎意料……」

今天有許多學生入住，我和安娜小姐本來是來幫忙的，但這間療養設施的人手比想像中多，並婉拒了我們的協助。

向老爺報告過後，得到了「那在明天回去前，妳們就當休假吧」的回答，所以我決定要好好度假。

療養設施的員工也有他們的責任感和自尊心，勉強他們讓我們幫忙也不太好。

真正優秀的女僕，要能夠區分工作和私人時間。

而且既然獲得了老爺的許可，多米妮克姊應該也不會多說什麼。

「機會難得，就去享受溫泉吧。」

「蕾亞小姐，妳知道這裡的溫泉是怎樣嗎？」

「嗯。」

我本來是被派來照顧老爺，所以事先調查過這間療養設施。

「放心吧，艾格妮絲小姐。關於這間療養設施的溫泉……」

雖然設備比老爺的別墅和重臣與其親屬使用的療養設施差一點，但其他貴族家根本就沒有供下級家臣利用的療養設施。

這也是老爺寬宏的器量與慈悲為懷的表現。

「這裡有分男浴池和女浴池，而且都非常大。」

大到即使今天住這裡的預備校學生都一起進去也沒問題。

而且男女浴池有好好分開，不用擔心被偷窺。

我個人是不介意艾爾文大人來偷窺，但可不想被其他男生看到。

「除此之外，也有家庭浴池。」

這是房間裡的獨立浴池，專門讓家人一起泡澡。

「家庭浴池，是指男女也能一起泡澡嗎？」

「畢竟是家人。」

辛蒂小姐也真是的，居然問這種理所當然的事情……

「那我要找老師一起泡。」

「那可不行。」

辛蒂小姐是老爺的弟子，但並非家人。

沒有結婚的男女一起泡澡實在太不成體統了。

提醒她們也是女僕的工作……應該是工作吧？

「那麼，我應該可以和艾爾文大人一起進去家庭浴池吧？」

此時，安娜小姐突然使出這招。

安娜小姐確實已經和艾爾文大人訂婚。

即使一起進去家庭浴池……但在舉行正式婚禮前應該不行……話說我也是相同的立場。

「呵、呵、呵，這表示我也有機會。」

安娜小姐，居然想丟下我和艾爾文大人一起泡澡，我才不會讓妳稱心如意。

「安娜小姐，不可以偷跑喔。」

「妳的意思是？」

「一決勝負吧！」

雖然我也可以主張自己是前輩，但考慮到後續的事情，還是公平競爭吧。

我拿出老爺想出來後，在領地內大為流行的黑白棋。

這東西原本就放在房間裡。

「贏的人就能和艾爾文大人一起泡家庭浴池。」

「原來如此，真是淺顯易懂的規則。」

我和安娜小姐賭上和艾爾文大人一起泡家庭浴池的權利，開始比賽。

然而……

「是我贏了！」

不知為何，最後是安娜小姐贏了。

明明我玩黑白棋的資歷應該比她長……

我該不會玩遊戲很弱吧？

「我們是比誰先贏到三勝。」

既然如此，就只好改打長期戰了。

只要最後能贏就好！

只要能贏！

「艾格妮絲，比誰先贏到三勝吧。」

「我也贊成辛蒂的意見！」

「咦──！」

在我們旁邊，艾格妮絲小姐她們也賭上與老爺一起泡澡的權利，用抽鬼牌決勝負。

我預測擅長這類遊戲的艾格妮絲小姐會贏，實際上也確實如此，但辛蒂小姐和貝緹小姐也使出了和我相同的招式。

即使進入延長賽，只要最後能贏就好。

「我贏三次了。」

「果然還是比誰先贏五次。」

「那樣未免太狡猾了吧。」

咦？

話說為什麼我玩黑白棋這麼弱？

真不可思議……好像也不是這樣。

我幾乎沒印象自己有贏過多米妮克姊……

我完全挑錯比賽項目了──！

「這樣就贏三次了。」
「艾格妮絲，果然還是比到五次。」
「我也贊成辛蒂的意見。」
「妳們兩個太狡猾了——！」
然後，辛蒂小姐和貝緹小姐也說了和我一樣的話。
真是讓人覺得有共鳴。
「蕾亞小姐，比賽就是比賽，妳可別恨我喔。」
「就是這樣沒錯。辛蒂、貝緹。」
改成五勝的拖延戰術果然行不通。
安娜小姐和艾格妮絲小姐，各自去邀老爺和艾爾文大人一起去家庭浴池泡澡。
然而，這時候發生了出乎意料的狀況。

「艾爾文大人！」
「老師！」
「嗯？安娜，妳還沒洗澡嗎？我和威爾已經去過大浴場了，妳也早點洗比較好喔。溫泉泡起來很舒服。」
「艾格妮絲，妳們三個平常感情就很好，剛才是和蕾亞與安娜一起在房間裡玩嗎？不過還是在大浴場打烊前，先去洗澡比較好喔。」

等我們決定好誰能和老爺與艾爾文大人一起泡澡時，他們已經先洗好澡了——這就是出乎意料的狀況。

「嗚嗚……蕾亞小姐，這就是妳的目的吧……」

「辛蒂，貝緹，這就是妳們的目的吧……」

不不不。雖然不曉得辛蒂小姐和貝緹小姐是怎麼想，但我可沒精明到這個程度。

真的只是偶然！……真的喔？

「溫泉泡起來好舒服。」

「雖然很舒服……不過，艾格妮絲小姐。」

「是啊，安娜小姐。」

總不能約已經洗好澡的人再洗一次，因此我們五人一起泡在大浴場的大浴池裡。

儘管安娜小姐和艾格妮絲小姐抱怨了一下，但還是別太在意，一起享受溫泉吧。

「嗯——話說回來。」

「蕾亞小姐，怎麼了嗎？」

「我們的胸部也太沒看頭了！」

雖然我還不至於無謀到想變得和艾莉絲大人一樣大，但明明接下來就要和艾爾文大人結婚，我和安娜小姐的胸部卻乏善可陳。

一想到遙大人的胸部那麼雄偉，我開始擔心這之後會不會構成問題。

「之後就會長大啦。」

「是嗎？」

「蕾亞小姐，一定是這樣啦。」

從年齡上來看，我和安娜小姐都還有成長空間。

人類必須對未來抱持希望。

一定是這樣。

「如果我的胸部能變得像艾莉絲大人那麼大，老師會高興嗎？」

「可是，艾格妮絲！像露易絲大人那樣的也有希望。」

「說得也是。我們的胸部也沒什麼看頭，辛蒂只比平均尺寸大一點……但連露易絲大人都沒問題了！」

「貝緹，我之後還會長大，所以不用擔心！」

話說回來，覬覦夫人寶座的艾格妮絲小姐她們，胸部也是既沒看頭又沒個性。

即使如此，「還是贏露易絲大人……」這句話，也鼓勵了我和安娜小姐。

『哈啾！』

感覺從某處傳來像是露易絲大人的嘖嘖聲……

露易絲大人目前正在鮑爾柏格的官邸，所以一定是錯覺。

「老師的器量才沒狹窄到會用胸部大小評價女性！」

「就是啊，他也娶了露易絲大人！就算稍微小一點也完全沒問題！」

「整體的平衡比較重要。我靠狩獵鍛鍊出來的腿很細，屁股也很翹。艾格妮絲總是坐著念書，所以有點肉肉的。」

「我才沒那麼誇張！貝緹雖然腿很細，但都是肌肉，不適合借給別人躺。」

「我之前有讓變成小孩的老師躺過，所以完全沒問題。」

「雖然現在胸部很小，但我馬上就會成長。我跟艾格妮絲和貝緹不同，未來還有希望。」

「「我們的年齡才沒差那麼多！」」

旅行中的女孩話題，也是亮點之一。

我們五個人回房間後，還是繼續聊到深夜。

雖然只是兩天一夜的「校外教學」，但過得非常開心。

我真心希望明年也能再辦一次。

女孩子就是需要這種活動。

＊　＊　＊

「原來如此，因為療養設施人手充足，所以沒有工作啊。」

「是的，但我在抵達療養設施前有好好工作。」

「唉，既然老爺都說好，那就算了。」

「家裡沒發生什麼事吧？」

「嗯，沒什麼特別的。雖然露易絲大人昨晚莫名地打噴嚏，讓我擔心她是不是感冒了，但只打了一次而已。」

結束「校外教學」回到官邸後，我向多米妮克姊報告了旅行的狀況，但關於抵達療養設施後沒有工作這件事，她並沒有特別說什麼。

老爺的威光果然不同凡響。

「話說回來，我突然想起一件事……」

「什麼事，多米妮克姊？」

還有什麼問題嗎？

「關於家庭浴池……」

「啊哈哈，我和安娜小姐都還沒正式和艾爾文大人舉辦婚禮，所以不能一起泡澡吧？」

多米妮克姊這個人認真到極點，即使只是未遂，還是可能被她罵。

「不，我也沒那麼死板。我覺得能讓家人一起泡澡，是個不錯的設施。而且為什麼蕾亞和安娜小姐要靠比賽決定誰能和艾爾文大人一起泡澡呢？明明三個人一起泡就好。」

「啊……」

聽多米妮克姊這麼一說，我才總算發現。

確實如此！反正兩人都將成為艾爾文大人的妻子，根本就不需要進行那種沒意義的競爭！

我和安娜小姐真是太愚蠢了！

明明艾莉絲大人平常就在說爭鬥無法結出任何果實！

「明明三個人一起泡澡，艾爾文大人也會很開心，一點問題也沒有！而且連個性古板的多米妮克姊都有發現的事，我居然會沒發現！」

「妳說誰個性古板啊！」

特別是這種動不動就揮拳頭的地方。

「今天頭頂感覺特別痲……」

這樣下去，或許我的身高遲早會縮水。

「多米妮克小姐說的沒錯！」

此時，今天也跑來跟我學習料理的艾格妮絲小姐，果然也跟著露出像在說「虧大了！」的表情，加入我們的話題。

在她後面，辛蒂小姐和貝緹小姐也露出相同的表情。

「老師應該很常和多位女性一起泡澡，所以就算跟我們三個一起泡也完全沒問題！」

「我居然直到剛才聽了後才發現！我也好想和老師一起泡澡！」

「不，艾格妮絲小姐妳們不行吧，又沒有正式訂婚。」

「「「不行嗎？」」」

「不行。」

多米妮克姊冷靜地說艾格妮絲小姐她們的狀況跟我們不同，所以不能和老爺一起泡澡。

不愧是多米妮克姊，果然古板。

她就是靠這古板的個性，維持鮑麥斯特伯爵官邸內的秩序……

「妳說誰古板啊！」

「我明明沒說出口——！」

「雖然沒說出口，但妳是這麼想的吧？」

「嗚嗚……無法否定。」

多米妮克姊又看穿了我的內心。

她到底想朝哪個方向發展？我心裡只擔心這點。

國家圖書館出版品預行編目資料

八男?別鬧了! / Y.A作 ; 李文軒譯. -- 初版. -- 臺北市 : 臺灣角川, 2020.05-

冊 ; 公分. -- (Kadokawa fantastic novels)

譯自 : 八男って、それはないでしょう!

ISBN 978-957-743-749-5(第15冊 : 平裝)

861.57 109003318

Kadokawa
Fantastic
Novels

八男？別鬧了！ 15

（原著名：八男って、それはないでしょう！15）

2020年5月7日 初版第1刷發行

作　者：Y・A
插　畫：藤ちょこ
譯　者：李文軒

發行人：岩崎剛人
總經理：楊淑媄
資深總監：許嘉鴻
總編輯：蔡佩芬
編　輯：黎夢萍
美術設計：黃永漢
印　務：李明修（主任）、張加恩（主任）、張凱棋

發行所：台灣角川股份有限公司
地　址：105台北市光復北路11巷44號5樓
電　話：（02）2747-2433
傳　真：（02）2747-2558
網　址：http://www.kadokawa.com.tw
劃撥帳戶：台灣角川股份有限公司
劃撥帳號：19487412
法律顧問：有澤法律事務所
製　版：巨茂科技印刷有限公司
ISBN：978-957-743-749-5